新潮文庫

はるか

新潮社版

11507

はるか

序

――石の中に水が入っているんだ。その石を手に持って振ると中から水の音がする。

父の言葉を聞いて、幼い賢人《けんと》は海岸の石を片《かた》っ端《ぱし》から拾うと、それを力いっぱい振った。父はその様子を笑いながら見ていた。

以来、海に行くたびに、父から聞いた表面がざらざらした灰色の卵大の石を見つけると、それを耳元で振った。しかし石はいつも無音だった。

小学校に上がった頃に、担任教師から、その石はメノウというのだと聞いた。かつては地元の海岸でよく見つかったらしい。一見普通の石に見えるが、中が空洞《くうどう》になっていて、その部分に稀《まれ》に水が入っているというのだ。

初老の教師は、子供の頃に見つけたという石を見せてくれた。それは半分に割れていた。中は青い色をした半透明な石で、真ん中がぽっかりと空洞になっていた。

「これはジオードと言ってね。昔はこれを見つけるのが楽しみでね。岩にぶつけて割って、メノウが現れた時は、本当に嬉《うれ》しかったもんだよ」

教師は、だが、何十年も前に石は取り尽くされて、今では見つけるのは、まず無理だろうと言った。がっかりした賢人に、教師は「でも、完全に取り尽くされたわけじゃない」と慰めた。

「何年かに一度、見つけたという話を聞くからね」

賢人はその幸運が自分にも舞い降りたらいいのにと願った。

「これにも水が入っていたの？」

賢人が教師に訊《き》くと、彼は笑いながら、「それが覚えていないんだ。もしかしたら水が入っていたのかもしれない」と言った。

賢人はその石を眺めた。空洞の表面には透明な粒状の石がキラキラ光っていた。

「この光っているのは何？」

「それは水晶だよ。メノウのジオードには、空洞部分によく水晶が付いている」

賢人はその水晶を指で触ってみた。メノウも綺麗《きれい》だけど、水晶はそれ以上に綺麗だ。この水晶は石が割れるまで、何年も何年も石の中に隠れていたんだ——そう思うと、なぜか胸がどきどきした。

「その石が気に入ったんなら、あげるよ」

教師は優しく言った。

賢人は首を振った。石はとても魅力的だったが、これは先生の石で、自分のじゃない。いつか自分だけの石を見つけよう――。

その日から、賢人は学校が終わると海岸に行き、石を探すのが日課になった。石の特徴は先生のを見てわかっている。

しかしいくら探しても見つからなかった。似た石はあっても、どれも違う。中にはそっくりなものもあったが、家に持って帰って、静かな部屋で振っても水の音はしない。念のためにハンマーで割っても、ただの石だった。

稀に、内側がメノウになった石の破片《はへん》を見つけることがあった。昔、先生がやったように、誰かが石を岩にぶつけてできた破片のようだ。持って帰ることなく、そこに捨ててしまったのだろう。

賢人は何年も石を探し続けたが、見つからなかった。いつの頃からか、石は永遠に見つからない幻のようなものだと思い始め、小学校の高学年になると、海岸へ行く機会も減った。

その日、十歳の賢人は、クラスの友人、一郎《いちろう》と武雄《たけお》と三人で海に泳ぎに来た。

八月の暑い日だった。賢人はその日のことをずっと忘れなかった。目を閉じると、その時の入道雲の形までも思い出すことができた。

三人でたっぷり泳いだ後、海岸にある大きな岩の上に、疲れた体を横たえた。岩の温《ぬく》もりが心地よかった。

「さっき、でっかいカンパチを見つけたぞ」

一郎が二人に言った。

「ああ、俺も見た。防波堤の先のところだろ。五十センチくらいあったな」

武雄が言った。そのカンパチは賢人も見ていた。

「モリを持ってきたらよかったな」と一郎は言った。

「漁師さんに怒られるぞ」

「一匹くらい獲《と》ったって怒られることはないだろう。どう思う？　賢人」

賢人は少し考えた。

「ウニなら怒られるかもしれないけど、カンパチ一匹くらいなら、いいんじゃないか。網で獲るんじゃなければ」

「よし」

一郎は立ち上がると、岩から飛び降りて宣言した。

「家に帰ってモリを持ってくる」

「俺も行くよ」

武雄も岩の上から降りる。

「賢人はどうする？」

「ここで待っているよ」

一郎と武雄は村へ戻った。

一人になった賢人は岩の上から石だらけの海岸を何気なく眺めた。

メノウのジオードに対する憧《あこが》れは今も持っていたが、かつて幼い日にあれほど欲しかった気持ちは薄らいでいた。それでも海岸の石を眺めていると、知らないうちに石を探している自分がいた。

二人を待っている間に、久しぶりに石を探してみようと思い、岩から海岸に降りた。石があるとすれば、おそらく水の中だ。それ以外のところはもう取り尽くされているはずだ。まだ残っているとすれば、きっと水中で他の石の下に隠れている——。

賢人は海に入ると、腰まで水に浸《つ》かり、シュノーケルが付いた水中眼鏡を掛けて顔をつけた。似たような石が並んでいる。その上を小魚が泳いでいる。大きな石にはイソギンチャクがくっついている。ウニの姿も見える。

しばらく中腰で水の中を見つめていたが、疲れたので、顔を上げて、大きく背伸びした。すると、海岸から自分を見つめている女の子に気付いた。

賢人と同じような年頃の少女だったが、見覚えがない。一学年に一クラスしかない小学校だから、全校生徒の顔はほぼ知っている。

賢人は少女の顔を眺めた。少女も賢人の顔を見た。少女は白いワンピースを着て、長い髪に麦わら帽子をかぶっていた。

「何を探しているの？」

少女が尋ねてきた。高い声だった。

東京の子だ——賢人は少女の言葉からそれがわかった。

「石を探している」

「石？」

「卵くらいの大きさの石で、茶色っぽくて、表面は少しがさがさしている」

「そんなのいっぱいあるわよ」

「普通の石じゃないんだ。ジオードっていって、中がメノウで、空洞になっている」

少女の目が大きく開いた。賢人は、大きな黒目だなと思った。

「それだけじゃない。空洞の内側には小さな水晶が付いている。それで、そこに水が入っているのもある。水入りメノウっていうんだ」

「そんな石があるの」

「昔はこの海岸によくあったらしいんだ。先生に見せてもらったこともある」

「今はないの？」

「もう取り尽くされたっていわれている」

「そうなの」

少女は残念そうな顔をした。

「でも、全部取られたなんてことがあるはずがない。絶対に一個は残っているはずだ。それは俺に見つけられるのを待ってるんだ」

「わたしにも見つけられるかな」

賢人は笑った。

「見つけたらテレビのニュースになるよ」

「これ、そうじゃない？」

少女は無造作に足元の石を拾って言った。

「残念だけど、普通の石だよ」

少女は耳元で石を振った。

「音がするわ」

「波の音だよ」

「波の音じゃないと思う」

少女は石を賢人に渡した。

賢人は仕方なく石を耳元で振った。すると、中から、かすかな音がした。

「――水の音がする」

「ね」

少女は嬉しそうににっこりと笑った。

賢人は呆然《ぼうぜん》と灰褐色《はいかっしょく》の石を眺めた。表面の手触りや色はかつて先生に見せてもらった石にそっくりだった。何年も探していた石とこんな形で出会うなんて――。悔しいのは、それを都会から来た女の子に簡単に見つけられてしまったことだ。なぜ長い間、この石を見つけられなかったのか。

賢人は少女に石を返した。

「もしかしたら、この石は最後の一個かもしれない。とても貴重なものだから、大切にしたらいい」

少女はその石を両手で宝物のように持った。

「この石の中に、大昔の水が入っているのね」

「うん。割ったら中からメノウが出てくる。それで、内側にびっしり小さな水晶がついているんだ」

「でも、割れば、水が出てしまうわ。それは嫌」

賢人はその言葉を聞いて嬉しくなった。もし、自分がメノウのジオードを見つけても割るつもりはなかったからだ。

「とても素敵な石ね」

少女は目を閉じて、石を耳元で振った。

「綺麗な音」

目を閉じて石を耳に当てている少女を見つめていると、急に胸がどきどきしてきた。不意に目を開けた少女と目が合った。賢人は自分の顔が赤くなるのがわかったが、少女の顔も赤くなった。

「この石、あげる」

少女は石を差し出した。賢人は慌《あわ》てて胸の前で両手を振った。

「お前が見つけた石だから、お前のものだ」

「あなたが教えてくれたから、たまたま見つけただけ。それに、この石を何年も探していたんでしょう」

少女はそう言うと、賢人の手を取って、無理矢理に石を握らせた。

賢人は石を貰《もら》った嬉しさよりも、少女に手を握られたことで、頭が真っ白になった。それで石のお礼を言うのも忘れてしまった。

「そろそろ帰る。お母さんが心配するから」

「どこに帰るの？」

「ペンション」

賢人は、ああそうかと思った。村はずれの林の中に洒落《しゃれ》たペンションがある。

「明日、東京に帰るの。今日は、すごく楽しかった」

少女はにっこり笑うと、背中を向けた。

賢人は少女が小高い丘を登っていくところをじっと見つめていた。

少女の姿が丘の向こうに見えなくなる前に、もう一度振り向いてほしいと願った。するとと少女は振り返ってこちらを見た。賢人は大きく手を振った。少女も手を振って微笑《ほほえ》むと、丘の向こうに消えた。

賢人は握った石を見つめた。ずっと探し求めていた石よりももっと素敵なものを見つけたような気がした。

その日以来、賢人は一人で部屋にいると、いつも石を眺めた。時々は振って音を聴いた。それはまるで音楽のようだった。目を閉じると、少女の姿が浮かんできた。するといつも胸が締め付けられるような切ない気持ちになった。

新学期になって、石を教師に見せると、彼は間違いなくメノウのジオードだと言った。教師は知り合いの新聞記者に連絡し、数日後、賢人は記者に取材された。賢人は少女のことは言わなかった。記事は写真入りで地元紙に載り、しばらくの間、賢人は小学校で有名人になった。

でも、楽しい気持ちにはなれなかった。水入りメノウが手に入った喜びよりも、もう少女に会えない悲しみの方が大きかったからだ。むしろ石なんか見つからなければ、こんな想《おも》いはしなかったかもしれないとさえ思った。

賢人は後になって、いつもそのことを考えた。いったい自分はいつ少女に恋をしたのだろうと。おそらく少女が石を見つけた時だ。長い間探し求めていた石だとわかった瞬間、なぜかはわからないが、恋のような気持ちを味わった。そして少女が石をくれた時、完全に恋に落ちた。

もう一度、少女に会いたいと思った。それで、少女の家族の連絡先を訊こうとペンションに行った。少女に貰った連絡先を書いた紙を失《な》くしたと嘘《うそ》をついたが、管理人は連絡先を教えてくれなかった。こうなれば、ペンションにこっそり忍び込んで宿泊者名簿を見ようかとも考えたが、さすがにそこまでやる勇気はなかった。

翌年の夏休み、賢人は毎日のように海に行った。もしかしたら少女にもう一度会えるかもしれないという期待からだった。

しかし少女には会えなかった。

夏休み最後の日、賢人は海から家に戻りながら、もうあの少女には二度と会えないのだと思った。振り返ると、海に沈んでいく夕日が見えた。

翌年、小学校最後の夏休みを迎えた賢人は、八月のある日、何気なく海へ行った。二年前に少女に会った近くの岩に上がった。そこに立って、丘の方を眺めた。すると、丘の上に小さな頭が見えた。徐々に上半身が見え、やがて全身が現れた――あの時の少女だった。

賢人は岩を飛び降りると、丘めがけて走った。少女もまた賢人を認め、丘の上から走り降りた。賢人は走りながら、いつのまにか、わー、という声を上げていた。

少女はぶつかるのを避けるために速度を緩めたが、そのせいでつんのめって倒れそうになった。賢人は少女の身体《からだ》を受け止めたが、反動で自分だけが尻《しり》もちをついた。

「大丈夫？」

「うん」

賢人はすぐに立ち上がった。

「会えると思わなかった」

少女は息を弾ませながら言った。

「俺も――」

「ずっと、ずっと、会いたかった。もう会えないかもと思っていた。一生会えないかもと思っていた」

少女はそう言って顔をくしゃくしゃにした。そして滲《にじ》んだ涙を服の袖《そで》で拭《ふ》いた。

「俺も同じだ。去年の夏はいつも海に来た」

「わたしもここに来たかった。でも、去年は連れてきてもらえなかった。今年はどうしてもここに来たいと、お母さんにわがままを言ったの」

少女は切羽詰まった口調で言った。

賢人は、少女がそこまで思ってくれたことに、胸が熱くなった。同時に、ペンションに忍び込んで宿泊者のリストを見なかったことを後悔した。そうするべきだった。

「石」と少女は言った。「まだ持ってる？」

「うん。いつも持ってる」

賢人はズボンのポケットから布の袋を出すと、中から石を取り出した。

少女は目を大きく見開いた。

「新聞に載ったよ」

「すごい！」

「でも、これはお前が見つけた石だ。プレゼントしたい」

「わたしがプレゼントしたのよ」

少女はそう言った後、少し拗《す》ねたような表情をした。

「お前、なんて呼ばれるのは、嫌」

賢人は一瞬うろたえた。

「わたしは、はるか。掛橋《かけはし》はるか」

賢人は、はるか、と心の中で反芻《はんすう》した。なんて素敵な名前だろう。

「ぼくは村瀬《むらせ》賢人。賢い人と書くんだ。全然賢くないんだけど」

「ううん。賢人はきっと賢いわ、わたしにはわかる」

はるかにそう言ってもらえて、賢人は嬉しかった。

その夏、二人は誰にも内緒で毎日のように会った。

ただ、二人が会えるのは昼間の二時間だけだった。はるかの母親が昼寝をしている時だけが彼女の自由時間だった。それ以外の時間は、ピアノの稽古《けいこ》や勉強をしなくてはならなかったからだ。ペンションにはアップライトのピアノが置いてあるということだった。

都会育ちのはるかは、自然が大好きだった。賢人はそんなはるかのために、寺の本堂の渡り廊下の下にあるアリジゴクの穴や、農家の納屋《なや》の軒下にあるスズメバチの巣などを見せてあげた。はるかは何を見ても喜んだ。

「六月ならゲンジボタルも見られるよ。誰も知らない秘密の場所があるんだ。山の中で街灯もないから完全に真っ暗、怖くて一歩も歩けないくらい。そこにたくさんのホタルがふわふわ飛ぶんだ。もう夢の中の世界みたいだよ。多分、ディズニーランドよりすごい。すごい光だよ」

はるかは「わー！」と叫んだ。

「見たい！」

「おいでよ」

賢人はそう言いながら、いつかそんな日が来るといいなと思った。はるかと二人でそれを見ることができたらどんなにか素敵だろう。

会うたびにはるかのことが好きになっていくのがわかった。

はるかはよく笑う女の子だった。誕生日ははるかのほうが一ヵ月早く、「わたしがお姉さんね」と言って、時々、賢人を弟扱いしたが、少しも不快ではなかった。実際にはるかの方が大人びていた。背もはるかの方が高かった。

「賢人は将来、どうするの？」

村を見下ろす高台の展望台のベンチに座っているとき、はるかが訊いた。

「高校を卒業したら、働くかな」

「大学には行かないの」

「お父さんは行かなくてもいいと言ってる。大学に行くには、都会に出ないといけないし」

「賢人は利口だから、大学は行った方がいいわ。クラスで一番なんでしょう」

「一番と言っても、田舎の小学校だから――」

「前に、わたしに算数を教えてくれたじゃない」

一度、会話の中で、どうしてもわからない算数の問題があるとはるかが言った時、賢人がそれを聞いて、即座に解いて見せたことがあった。

「あれはたまたまだよ」

「ううん、後でお母さんに見せたら、こんな難しいの、あなたよく解いたわねって褒められた問題よ」

「そんなことより、今日はクワガタを見せてあげるよ」

「ほんと⁉　嬉しい！」

　賢人にとっては毎日が夢のような日々だった。

　しかしある朝、あらわれたはるかの顔には泣いた跡があった。

「どうしたの」

「わたし、もう駄目――」

「何があったの？」

「九月に、お父さんの転勤でアメリカに行くことが決まったの」

「はるかも一緒に？」

　はるかは頷《うなず》いた。

「いつ日本に帰ってくるの？」

「最低七年はアメリカにいるって――」

「七年！」賢人は大きな声を上げた。「俺たち、高校を卒業してしまうじゃないか」

はるかはまた泣きそうな顔で頷いた。

賢人も絶望的な気持ちになったが、それを押さえて言った。

「でも、七年経《た》ったら、また会える。七年なんて、あっという間だよ」

言いながら、七年はとてつもない時間だと思った。気が遠くなるような年月だ。でも、その気持ちを振り払って、わざと明るく言った。

「二人の気持ちが変わらなければ、七年後に会える」

はるかは俯《うつむ》いたまま首を振った。

「どうしたの？　七年で忘れるの？」

「ううん。忘れないわ。忘れるわけない」

はるかは強い口調で言った。しかしその後に小さな声で言った。

「でも、七年後のわたしはわたしじゃない」

「どういうこと？」

「今のわたしじゃないの。体も心も全然違う人間になってる」

「――大人になってるね」

「賢人もそう。七年後に会っても、二人とも、もう全然違う人間なの。何かの本で読んだんだけど、人間の細胞って七年で全部入れ替わるんだって」

「そうなのか――」

それはショックだった。だとしたら、七年後は二人とも全然違う人間になっているかもしれない。急に絶望的な気持ちになった。

「でも、どうしようもない」

賢人の言葉に、はるかは黙って下を向いた。

「アメリカに行ったら、俺に手紙をくれる？」

「うん。必ず！」

賢人はそれを聞いて少し安心した。

「でも」とはるかが言った。「もしも、何かの手違いで、手紙が届かなくなったら――」

「そんなことあるの？」

「だから、もしもよ。その時は七年後の今日、この海で再会するというのはどう？」

「そうしよう」

賢人はそう答えたが、それはまるで百年後のような遠い未来に思えた。

しかし、はるかはすごく嬉しそうに微笑んだ。

「アメリカに着いたら、手紙を書くね」

賢人はポケットから水入りメノウを取り出して、はるかに握らせた。

「これを貰ってほしい」

「駄目よ。こんな大事なもの、貰えない」

「じゃあ、預けておく。いつか再会した時に返して」

はるかは真剣な顔をして、こくんと首を大きく縦に振った。


それがはるかとの最後の会話になった。

九月にはるかからのエアメールが届いた。そこには賢人との夏の思い出が楽しかったと書いてあり、手紙の最後には、矢印に「あぶりだし」と書いてあり、丸で囲ってあった。父のライターをこっそり借りて、火で炙《あぶ》ると、「会いたい」という文字が現れた。

賢人もそれを真似《まね》て、手紙の全文を炙り出しで書いた。

十月に入り、はるかから返事が来たが、そこには賢人からの手紙が届かないと書かれていた。賢人は慌てて返事を書いたが、はるかからの返事はなかった。

年が明けて、はるかからの手紙が来たが、またも賢人からの手紙が来なくて寂しいと書かれてあった。賢人は返事を書いたが、はるかからは返事が来なかった。

賢人はその後、春までに二度、はるかに手紙を書いたが、返事はついに来なかった。


七年が過ぎた。

賢人は中学二年生の時に、父親の仕事の関係で生まれ故郷を離れ、隣の県に越した。そこは海のない町だった。

中学時代はずっとはるかのことばかり考えていた。はるかに会いたくてたまらなかった。と同時に、なぜ、彼女は手紙をくれなくなったのか、そしてなぜ、はるかは「手紙が来ない」と書いたのかと何度も考えた。

おそらく家人の誰かがその手紙をはるかに見せなかったのだろうということは、だいぶ後になって想像できた。小学生の時にもう少し知恵があったなら、女性名義で書くという手も思いついたかもしれない。もっともそれでも開封されて、握りつぶされた可能性もある。いずれにしても、はるかとの文通は続かなかっただろうと思った。

ただ、悲しいのは、はるかが自分からの手紙が届かないと信じていることだ。自分のことを適当でいい加減な少年だと思ったことだろう。いや、自分はどう思われてもいい。耐えられないのは、はるか自身がふられたと思って、傷ついたかもしれないということだ。あの可憐《かれん》な少女の心を深く傷つけたなら、それほど辛《つら》いことはない。

高校生になった頃には、はるかのことは滅多に思い出さなくなっていた。しかしそれは、はるかのことを忘れたわけではなく、つとめて思い出さないようにしていただけだった。

高校で抜群の成績を収めていた賢人に、教師は大学進学を強く勧めた。それで奨学金を貰って、東京の国立大学に進み、一人暮らしをした。

初めての夏休みに、中学時代の同窓会に呼ばれて、故郷に帰った。中学の半ばに父の転職で引っ越したので、五年ぶりの帰郷だった。

翌日、友人たちと昼飯を食べた後、何人かで喫茶店に集まって話をした。夕方近くになって、東京に戻ろうとした時、突然、その日が、はるかと七年前に約束していた日だったことに気付いた。

まさか、と思ったが、賢人は海へ行ってみることにした。丘に登って海岸を眺めると、そこには誰もいなかった。はるかがいるとは思っていなかったが、小さな失望を覚えた。と同時に、はるかとの思い出がどっと蘇《よみがえ》ってきて、戸惑った。

丘から降りて海岸に向かった。懐《なつ》かしい岩があった。かつてここではるかに会って、恋したのだ。

たしか、はるかがあの水入りメノウを見つけたのはこのあたりだったと足元を見た時、その石が目に入った。

しばらく呆然と立っていたが、やがてしゃがみこんでその石を拾いあげた。それはかつてはるかに預けた石だった。見間違うはずはない。石の小さな傷まで覚えている。なぜ、この石がここに――。

呆然と眺めていると、手に持った裏側に何か文字のようなものが書いてあるのに気付いた。裏返すと、口紅で「さようなら、わたしの恋」と書かれてあった。

弾《はじ》かれたように立ち上がると、丘を走った。はるかは今日、ここに来たのだ。賢人はそのままペンションまで走った。はるかがいるとしたら、あのペンションだと思ったのだ。

しかしペンションにはいなかった。管理人に訊《たず》ねたが、それらしい客が泊まった形跡もなかった。

賢人は駅まで走った。もしかしたらはるかに追いつけるかもしれない。駅までは四キロ近い道のりだったが、一度も止まらなかった。走りながら、許してほしい、会いたい、と何度も心の中で叫んだ。はるかに再会できるなら、心臓が破裂してもかまわないと思った。

しかし駅までの道ではるかに出会うことはなかった。駅にも誰もいなかった。一縷《いちる》の望みを託して、駅の待合室ではるかを待った。しかし深夜まで待っても、はるかは現れなかった。

それから六年の月日が流れた。

賢人は大学から院に進み、修了して電機メーカーに就職した。仕事はコンピューターのプログラム開発で、専門は人工知能だ。

大学時代は何度か恋のようなものもしたが、長くは続かなかった。

「あなたはわたしを愛していない」

大学三年生の時に初めて付き合った女性からそう言われた時は驚いたが、同時に大いに憤慨した。否定したが、女性は納得しなかった。その後、二人の女性から同じようなことを言われたことで、もしかしたら自分には、女性にそう思わせる何かがあるのかもしれないと思った。あるいは愛情表現が下手なのかもしれない。

就職して付き合った女性から、「あなたには忘れられない人がいるんじゃないの？」と言われた時、はるかのことを思い出した。

はるかのことは諦《あきら》めたつもりだった。あの夏に再会できなかったことで、さんざん自分を責めた。数ヵ月にわたって胸が引き裂かれるような後悔を味わった。これは約束を忘れていた罰だと思った。

はるかに永遠に会えないと思うと、絶望的な気持ちに襲われた。いや、人生は長い、いつかどこかでまた会えるかもしれない――何度もそう自分に言い聞かせたりもした。しかしそのたびに余計に暗い気持ちになった。仮に十年後に再会できたとして、どうなるのか。

その時は二人とも結婚しているかもしれない。いや、それ以前に、二人とももはやかつての二人ではない。今こうしている間にも、はるかは誰かに心を奪われているかもしれない。知らない男に恋しているかもしれない。もしかしたら、今、この時にも、はるかは誰かに抱かれているかもしれない――。

あまりの苦しさに心の中からはるかを消し去ろうとした。彼女は子供の頃に出会っただけの女の子だ。あの時は恋だと思ったが、それはただの幼い初恋にすぎない。自分は彼女の何も知らない。大人になった彼女を知らない。彼女に恋をするのは幻想だ。そんなものに捉《とら》われているのはおかしい。

そう思ってはるかのことを完全に忘れることに成功したと思っていたのが、何年か経ってから、そうではなかったことを思い知らされた。

もう抗《あらが》うのはやめようと思った。強引にはるかのことを忘れようとしても無理だ。コンピューターならデータを削除すれば済む。あるいはアンインストールすればいい。それでも駄目な場合は初期化すればいい。しかし人間の心を初期化することはできない。自分はこの先もはるかへの想いを心の底に持ったまま、生きていくことになるだろう。

賢人は研究室ではるかを思い出して苦笑いした。はるかのことを考えると、今、自分が開発している人工知能と心の違いに思いが及ぶ。

人工知能の研究は奥が深かった。今はまだものを記憶して計算するくらいだが、いずれは思考や判断ができるまでになると確信していた。もっともそこへ辿《たど》り着くまでには何年もかかるだろうが、自分が生きているうちにはそうなるだろう。この研究に一生を費やしてもかまわないと思った。それくらいの価値は十分にある。

もっとも研究室ではその研究ばかりしているわけにはいかない。会社が要求するシステムのプログラム開発も日々の仕事の一つだった。

賢人はコンピュータープログラマーとして会社の中で一目も二目も置かれていた。先輩たちからは「天才」とも言われていたが、賢人自身はそれは大袈裟《おおげさ》な評価だと思っていた。他人よりもほんの少し違う発想があるだけで、特段自分に優れた才能があるとは思わなかった。

社会人三年目の春のある日、賢人は久しぶりに街に出た。いつもは休みの日でも、部屋で新しいプログラムを考えていたが、その日は何となく街に出てみようと思ったのだ。

丸の内にある書店に入ると、鉱石の販売をやっているという看板があった。賢人は何気なく、その販売会場がある四階まで行った。

そこには世界の様々な鉱石や鉱物が並べられていた。黄鉄鉱《おうてっこう》、虎目《とらめ》石《いし》、オパール、水晶、琥珀《こはく》などに混じって、様々なメノウもあった。

展示台の上に、綺麗に二つに切られたメノウのジオードが置かれてあった。賢人はその片方を手に取って眺めた。メノウは淡いクリーム色で何層もの模様ができていた。中心部は空洞になっていて、内側にびっしりと小さな水晶が付いている。小学校時代に教師に見せてもらったのと同じ石だ。

それを眺めているうちに、かつて子供の頃に夢中で海岸でこれを探していたことを思い出した。何年かかっても見つけられなかったのに、見知らぬ少女が見つけた。

その石は今、研究室に置いてある。振れば、水の音がする。いつかそれを割って中のメノウと水を見てみたいという気持ちになることがあるが、なかなかその踏ん切りがつかなかった。おそらく死ぬまで決心がつかないだろう。

大学生のとき、メノウのジオードには「夢が叶《かな》う」パワーが秘められているといわれていることを知り、これを大切に持っていれば、いつかははるかに会えるかもしれないと本気で思っていたことを思い出して、苦笑した。

賢人は石を展示台に戻そうとしたが、その石のもう片方が台からなくなっているのに気付いた。あれっ、と思うと、隣に立っていた女性が手に持っていた。女性はじっとその石を見つめている。

「これは二つで一つですよ」

と賢人はその女性に言った。

若い女性は、いきなり話しかけられて驚いたような顔で賢人を見つめた。賢人は言い訳するように手に持っていた石を見せた。

「もともとが一つの石を切ったものです。これがその片割れです」

女性はその石を見ることなく、賢人の顔を大きな目で見つめていた。賢人は、黒曜《こくよう》石《せき》のような瞳《ひとみ》だなと思った。

「賢人さん？」

女性は言った。その瞬間、賢人は心の中で、あっ、と叫んだ。

「――はるか」

賢人がそう言うと、はるかは黙って頷いた。

一

半年後、賢人ははるかと結婚した。

はるかは都内のラジオ局に勤めていた。結婚までの恋愛時代は夢のような時間だった。週に三度以上は会った。会えない日は電話で話した。

賢人が推察していたように、彼の手紙は一通もはるかの元には届いていなかった。はるかもそれを聞いて、おそらく母が隠していたのだと思うと言った。その可能性を信じて、七年後に、日本に帰国した時に、思い出の海岸に行ったのだと言った。

朝から夕方まで海岸にいたが、賢人はついに現れなかった、と言った時のはるかは少し怒ったような顔をした。しかし賢人が、口紅で文字が書かれたままの石を見せると、はるかは驚きと感動でしばし言葉を失った。

二人は失われた時間を取り戻すかのように、互いに会えなかった時代の話をした。あの夏に別れてからどんな風に過ごしてきたか、その後どんな中学時代だったか、高校時代はどんな風だったか。

賢人ははるかが語るすべての話を夢中で聞いた。初めてアメリカの空港に降り立った時の話や、ピアノコンクールで優勝した時の話、アラスカでオーロラを観《み》た話なども面白かったが、それ以外の何気ない日常生活のこと——サンフランシスコの街を歩いた話や、中学生の時に初めて友人と映画館に行った話、髪を茶色に染めた話、自転車で転んで足を怪我《けが》した話なども、わくわくして聞いた。いや、むしろそんな話の方が魅力を感じた。はるかの話があまりに面白いので、賢人は家に帰ると、それらをすべてパソコンに日記のように打ち込んだ。

結婚して一緒に住むようになって初めて、はるかはピアノ演奏を披露してくれた。プロ顔負けの上手《うま》さだった。

「どうしてピアニストにならなかったの」

賢人が訊くと、はるかは、

「プロのピアニストなんてとても無理。芸大に入った時、信じられないくらい上手な同級生たちを見て、絶対にピアニストにはなれないとわかった」

と答えた。

「そんなに上手なのに！」

「賢人にそう言ってもらえたら、ピアノを習っていてよかったと思う。中学時代、いつか賢人に聴いてもらうことを想像して必死で練習してきたから」

その言葉は賢人をじーんとさせた。

賢人ははるかの弾くピアノを録音した。最初は嫌がったはるかだったが、一人でいる時に聴いていたいという賢人の言葉に、録音を了承した。

はるかはミスをすると、今のは消してほしいと言ったが、賢人は取り合わなかった。賢人にとってはミスタッチさえも魅力的だったからだ。ひとつもミスのない機械のような演奏よりも、ミスがある方がずっと人間らしい演奏だと思えた。テンポやリズムが揺れるのさえ、魅力的だった。

演奏の前後や、時には演奏中に、二人が交わす会話もそのまま録音した。後で聴くと、はるかの声はピアノ以上に美しいと思った。ミスをして、恥ずかしそうに言い訳するところや、弾き終えた後に、自分で感想を言うところなどは、音楽以上に引き込まれた。

賢人ははるかとの会話も録画録音しておきたいと思うようになった。はるかの話が、話し終えた途端に消えてしまうことが惜しいと思えたのだ。それに、はるかの高いややハスキーな声が好きだった。この声を何度も繰り返し聞いていたいと思った。はるかと離れていたあいだの時間を、少しでも取り戻したいという気持ちもあったかもしれない。

はるかは呆《あき》れていたが、会話を録音することには反対はしなかった。それ以来、二人は傍らにボイスレコーダーを置いて会話するのが習慣になった。二人とも奇妙な習慣だと笑いながら、それを楽しんだ。

賢人は一人でいる時や通勤中は、イヤホンではるかのピアノ演奏や声を聞いた。時折、コンピューターのプログラムを作成している時にもイヤホンを付けていることさえあった。

はるかの声は何度聞いても聞き飽きることはなかった。話の途中で、彼女が笑ったり、言い直したり、困った声を出すのを聞くのさえ、心地よかった。仕事で行き詰ったり、気分が塞《ふさ》ぐことがあっても、はるかの声を聞けば、心が落ち着いた。

ボイスレコーダーに録音した会話は、すべてパソコンに取り込んでいたが、いつしかその合計時間が一〇〇〇時間を超えた。これにはさすがに賢人自身も呆れた。

賢人はいつのまにか、はるかの成長をずっとそばで見ていたような錯覚を覚えた。幼稚園から小学校、さらに中学校、高校と成長していく様子を、見ていたような気になった。

はるかは高校三年生の時に、両親と弟を残して一人で帰国し、京都の芸術大学に進学していた。

「アメリカの大学に行くという選択もあったけど、日本に戻れば賢人に会えるかもしれないと思ったから」

その言葉を聞いた時、賢人は胸がいっぱいになった。

「大学に入った年、思い出の海岸に行ったわ、約束の日に。前日に駅前のホテルに泊まって、朝から海岸に行った。それから夕方まで、賢人が現れるのを待った。でも、賢人は来なかった。わたしは絶望したわ」

はるかは悲しそうな声で言った。

「思い出の石に、口紅でさようならと書いて、海岸を後にした時に、涙が出た。それから駅まで泣きながら歩いた。七年間、思い続けた恋が消えたと思った」

賢人はその時のはるかの気持ちを想像すると、胸が張り裂けそうな気持ちになった。

「こうして賢人に会えても、その時のことを思い出すと、悲しさが蘇ってくるの」

「ごめんね」と賢人は言った。「海岸でこの石を見つけた時は絶望的な気持ちになった。どれほど自分を呪《のろ》ったかしれない。実はこの何年も、いつかこの石を捨てようと思っていた。捨てなければ永久にはるかを忘れられないと思ったから。そして、どうせ捨てるなら、その前に割ってみようと思った。でも、できなかった。この石を割ったら今度こそ、永久にはるかに会えない気がしたから」

「割らないでくれて、よかった」

結婚した年に、賢人は二十七歳にして取締役になった。いくつかのプログラムを開発して特許を取り、それが会社に大きな利益を与えていたからだ。特許は会社との共同名義だった。

「二十七歳で重役ってすごい！」

はるかは自分のことのように喜んでくれた。

「新しい会社だからだよ」

「それでもすごいわ」

「たまたまぼくの作ったプログラムが、いくつもの会社と契約することになったからね」

「それは大変な発明なんでしょう」

「今のところはそうだけど、ぼくが本当に開発したい目標までは全然いってない」

「前に言ってた、話ができるコンピューターね」

「そう。ぼくの夢は二つあるんだ。いつか独立して会社を興《おこ》すこと。もう一つは、会話ができるAIを作ること」

「二つも夢があるなんて、贅沢《ぜいたく》よ」はるかはそう言って笑った。「でも、きっと二つとも叶うわ。わたしは幸せよ。賢人が素晴らしい夢を二つ叶えるところをそばで見ていられるんだから」

賢人は心の中で、いや世界一の幸せ者はぼくだと呟《つぶや》いた。はるかと一緒にいられるだけで、こんなに素敵なことはない。

独立して自分の会社を立ち上げた時のはるかの嬉しそうな顔を早く見たいと思った。

賢人とはるかは一緒にいる時間はずっと会話をしていた。

二人のどちらかの仕事が忙しくて、帰りが遅くなっても、いつもどちらかが起きて待っていた。そして寝る前には必ずその日にあったことを話し合った。

はるかは賢人の仕事の話を聞くのが好きだった。

賢人ははるかのためにコンピューターの人工知能の話をわかりやすく説明した。

「コンピューターはデータ蓄積能力と計算能力がずば抜けているけど、自分で判断できる能力はない。でも目的と方向性を与えてやれば、新しいものを生み出すことも可能だ。いずれは情報を分析して、判断できる能力が身に付く」

「そうなると、どうなるの？」

「コンピューターが人間並みの判断力や思考力を持つようになる」

「コンピューターが考える能力を持つというの？」

「正確には、考える能力のように見えるというのが正しいかな。でも莫大《ばくだい》な情報を与えると、それは考えているとしかいいようがない能力を見せる――」

賢人はそう言った後で言い訳するように「はずなんだ」と付け加えた。はるかは笑った。

「だけど、莫大な情報を与えるには、莫大な大きさのコンピューターが必要じゃないの」

「容量に関しては飛躍的に伸びているから多分大丈夫だと思う。それよりも莫大な情報を与える作業が大変だと、従来はそう考えられてきた。でも、ＡＩ自らが情報を取り入れて、それを取捨選択していく能力を身に付ければ、夥《おびただ》しいプログラマーを用意することもなく、巨大なコンピューターを必要としなくなる」

「賢人って、すごい研究をしているのね」

はるかは感心したように言った。

「昔、海で石を探していた少年とはとても思えない。あの頃は日に焼けて、クワガタやゲンゴロウを追いかけていたのに。今は眼鏡をかけてるし、研究室の先生だなんて」

「あの頃は毎日遊んでいた」

「でも初めて名前を教えてくれた時、賢人は、賢い人と書くと教えてくれた。賢くはないけどねと言っていたけど、あれは嘘だというのはわかっていたわ」

「どんな大人になっていると想像した？　研究者になっていると思った？」

「全然」とはるかは笑って言った。「マッチョな漁師になっていると思っていた」

賢人は苦笑いした。

「賢人はわたしがどんな女になっていると想像した？」

賢人は自分がどんなことを想像したのか思い出そうとした。

正直に言えば、はるかがどんな女性になっているかイメージが湧《わ》かなかった。心の中では、ずっと少女のままだったからだ。夢に見る時も、はるかはいつも少女の姿で現れた。

約束の日に誰もいない海岸で石を見つけた時も、少女のはるかが時空を超えて、一瞬だけやって来たような気がした。そんなはずがないのはわかっていたのに、そうとしか思えなかったのだった。

「ぼくの心の中のはるかは、ずっと少女のままだった」

「嬉しいわ」

はるかは微笑んでから、少し悲しそうな顔をして言った。

「でも、十代の時に会いたかった」

「その代わり、大人になって会えた。大人になって会えないよりずっといい」

はるかは頷いた。

「賢人の二つの夢が叶う日が待ち遠しいわ」

「叶うかどうかわからないよ」

「ううん、きっと叶う」

はるかと話していると時が経つのを忘れた。

深夜十二時を過ぎ、お互いあと一時間だけと決めて話していても、気が付けば、二時を過ぎていることもよくあった。そんな時は翌日、二人とも眠気をこらえて仕事に行かなければならなかった。

それでも賢人は幸せを感じた。この幸せが永久に続いてほしいと願った。

しかしその願いは叶わなかった。一年後、はるかは交通事故に巻き込まれてあっけなくこの世を去ったからだ。

二

秘書の立石優美《たていしゆみ》が賢人の前に書類を置いた。

「副社長、決裁印をいただきたいのですが」

「ご苦労さん」

優美は丁寧に一礼すると、部屋を出た。

賢人は書類一枚一枚に目を通して、判子を押していった。単調で事務的な作業だったが、内容を確認せずに判を押すわけにはいかないし、中には保留しなければならない書類もある。ただ、優美が書類の重要度に合わせて分類してくれているので効率がよかった。

半分ほどの書類を片付けたところで、小さくため息をついた。それから椅子《いす》に背中をもたせかけて何気なく室内を見渡した。この部屋にいると落ち着かない。こんなところにいるより、コンピューターに囲まれた研究室にいたい。

ふと、机の上の写真を見た。はるかとのツーショットだ。十二年前、新婚旅行に行った時に、アメリカのグランドキャニオンで撮ったものだ。はるかが亡《な》くなったのは翌年だ。

あれからもう十一年にもなるのか、と思った。

はるかのいない世界で、こうして一人で生きていることが不思議な気がした。

はるかを失ってからの日々が頭の中に甦《よみがえ》ってきた。

しばらくは呆然《ぼうぜん》とした毎日を送っていた。もう二度とはるかと会えないのだと思うだけで、仕事中にもかかわらず胸が詰まるように痛み、何も考えられなくなった。絶望感に襲われ、会社で倒れたことも何度かあった。

飲めない酒を無理に飲んだこともあった。いくら吐いても悲しみから逃れることはできなかった。もう自分は生きていけないと思った。日々、自分が壊れていくのがわかった。

はるかが亡くなって数年間は、何度もはるかの夢を見た。夢の中ではるかに会った時はいつも全身が喜びで震えた。はるかは死んでなどいなかったのだ！　自分はどうしてはるかが死んだなどと勘違いしたのだろうと思った。

夢から覚めると、絶望の淵《ふち》に突き落とされた。

自分はまもなく死ぬだろうという思いがあった。死ぬことは少しも怖くなかった。早くその日が来てほしいと望んだ。

しかし、それはもう遠い昔のことだ。今、自分は生きている。はるかがいなくなった世界で十一年も生きているなんて、想像もできなかったが、それが現実だ。重役室の机で、決裁書に判子を押している世界が現実だ。

はるかが亡くなって五年近く経った頃、ようやく録音されたはるかの声を聞くことができるようになった。はるかの声は瑞々《みずみず》しく、まるで音楽のようだった。

また時々ははるかの姿をおさめた映像も観た。パソコンのモニターに映るはるかの笑顔が若々しかった。その声を聞き、その顔を見るたびに、胸が張り裂けそうな気持ちになった。気が付けば、数時間もモニター画面を睨《にら》んでいる時があった。

これは危険なことだと自分でもわかっていた。はるかのことは忘れはしないが、いつまでもはるかへの想《おも》いに囚《とら》われていてはいけない。はるかはもういない。自分ははるかのいない世界で、この先何年も生きていかねばならないのだ。

「お疲れ様」

賢人はシャンパンが入ったグラスを上げた。

秘書の立石優美が同じ仕草をして微笑《ほほえ》む。

賢人が手掛けていたプロジェクトがひとつ終わって、ホテルのフレンチレストランでの二人だけのささやかな打ち上げだった。

「付き合わせて悪かったね」

「とんでもありません。光栄です」

優美は優秀な女性だった。賢人の秘書になって三年になる。

彼女はコンピューターの専門知識はなかったが、知的で教養も深く、話し相手としても退屈しなかった。また賢人のスケジュール管理から、身の回りの雑用まで完璧《かんぺき》にこなした。研究一筋の賢人は彼女に全幅《ぜんぷく》の信頼を置くようになっていた。

その夜、賢人は久々のワインで少し酔った。

ふと優美を見つめた。

「あれ、今夜は何かいつもと雰囲気が違うね」

「いつもと一緒ですよ」

「いや、いつもの立石さんとは何かが違う。何が違うんだろう」

優美は少し首を傾《かし》げた。賢人は優美をしげしげと眺めた。

「あ、そうか。眼鏡を外してるんだ」

「そこなんですか」

優美は呆《あき》れたような顔をした。

「眼鏡はたまに外してますよ」

「そうだったのか」

優美は少し苦笑しながら、皿の上の肉をナイフで切った。賢人は何気なくその仕草を眺めながら、彼女をこんな風にじっと見るのは初めてだなと思った。

「立石さんはいくつだった？」

優美はナイフを持つ手を止め、顔を上げた。

「女性に年齢を訊《き》きますか？」

笑ってそう言いながらも、優美は答えた。

「三十五歳です」

「ぼくの四つ下か」

「それがどうかしましたか」

「いや別に」賢人は言った。「若いなと思って」

優美は「どうも」と言うと、切った肉を口に運んだ。

「結婚しないの？」

「はい」

優美はそっけなく答えた。

「恋人とかいないの」

「いません」

「君みたいに美人で素敵な女性に恋人がいないなんて、世の男性はどうかしてるね」

優美はグラスのワインを一口飲むと言った。

「副社長こそ、どうしてご結婚されないのですか」

「昔、したよ。十年以上も前の事だけど」

「奥様は交通事故でお亡くなりになったんでしたね」

賢人は頷いた。

「お綺麗《きれい》な方ですよね」

優美が賢人の机の上に置いてあるはるかとの写真を思い浮かべて言っているのはわかった。

「一緒に暮らしたのはたった一年だ」

「そうなんですね」

「でも、今も忘れられない」

「再婚されないのは、そのせいなんですか」

「自分でもよくわからない。最初は、妻がいない人生なんて考えられなかった。妻以外の女性を愛することなどできないと思っていた」

「女性としては、奥様を羨《うらや》ましく思います。副社長のような素晴らしい方に、亡くなった後もそこまで思われるなんて、女性冥利《みょうり》に尽きます」

「そうかな」

「でも」と優美は言った。「奥様はもういらっしゃいません」

「うん」

「そうやって、いつまでも奥様との思い出の中に生きて行かれるつもりなのですか。副社長の人生はどうなるんですか。これから先、何十年も、一人で生きて行かれるのですか」

賢人は曖昧《あいまい》に頷いた。それは自分でも考えていることだった。

はるかはもういないし、二度と会うことはない。そろそろ未練を断ち切る時が来ているのかもしれない。しかし伴侶《はんりょ》となる女性が欲しいという気持ちは湧《わ》かなかった。

はるか以外の女性と結ばれたいという気持ちもなかった。

ただ、この先、ずっと一人で生きていくのは、優美の言うように、むなしいものがあるかもしれない。何十年か先、年老いた時に、たった一人でいるというのは、もしかしたら、とても寂しいことかもしれない。その時、自分にあるものは何だろうと思った。遠い昔、たった一年だけ一緒に暮らした女性との思い出だけなのか――。

「再婚は全然考えていらっしゃらないんですか？」

「そんなことはないけど――。もし、素敵な女性に出会えたら、一緒になってもいいと思っている」

「そうなんですか」

「そういう女性が現れたらね」

「たとえば、わたしとかは駄目ですか」

賢人が、えっ、と言うと、優美は笑いながら、「冗談ですよ」と言った。

賢人は少し間をおいて訊いた。

「立石さんは、ぼくのことが好きなの？」

優美は顔を真っ赤にした。そして自分を落ち着かせようとするように、グラスのワインを飲んだ。

「副社長は、普通の人が言わないことを平気でおっしゃいますね」

「そう?」

「でも、かえって肝が据わりました。副社長に好意を持っています。とても素敵な方だと思っています」

自分で訊いておきながら、賢人は少し戸惑っていた。優美がそんな風に自分を見ているとは思ってもいなかったからだ。

「今、好意って言ったけど、それって、男として好きということ?」

「副社長って、馬鹿《ばか》なんですか!」

優美は強い口調で言った。彼女のそんな口調も、馬鹿という言葉を使うのも初めて聞いた。

「立石君の言うことはわかった。ぼくも立石君には好意を持っている。でも、正直に言って、これまで女性として見ていなかった。ちょっと時間をくれないか」

それは本心だった。賢人も優美には好意を持っていたし、人間的にも尊敬していた。ただ恋愛対象として見ていなかっただけだった。しかしその一方で、はたして本当にそうだったのだろうかと自分に問うた。もしかしたら、彼女への好意は異性に対するものではなかったか。

一週間後、二人は同じレストランで食事をした。

「この前の話だけど」と賢人は切り出した。「あれから、自分の今後の人生も含めて真剣に考えた」

「はい」

「立石君を拒絶する気はない。だから、というわけじゃないけど、しばらく試用期間を設けてみるというのはどうだろう」

「試用期間ですか――」

「うん、しばらくお付き合いをして、お互いによくチェックするというのはどうかな。すると、今まで見えなかったものが見えるということもある、いい面も悪い面も」

「お付き合いしていただけるのですか」

「立石君さえよければ。それで、ぼくにバグが見つかるかもしれないよ」

「バグなんて――」優美は笑った。「わたしには異存はありません」

「じゃあ、契約成立だね。期間は――決めなくていいか」

優美は頷《うなず》いた。

その日から、賢人は優美との交際を始めた。

もっとも交際と言っても、仕事終わりに二人で食事するくらいのものだった。

しかしこれまでのように仕事の会話ではなく、将来の結婚相手になるかもしれないという意識での会話は、二人を急速に近づけた。優美は知的で仕事ができるだけでなく、優しく気づかいのできる女性だというのもわかった。それにコケティッシュな一面を持っているのも小さな発見だった。時にはわがままも言ったし、すねる時もあった。ただ、それすらも魅力的に感じた。

賢人は徐々に優美に惹《ひ》かれていく自分に気付いた。ただ、それはかつてはるかに抱いたような甘く激情的な恋ではなかった。はるかと一緒にいるだけで感じた、心が弾けるばかりの喜びはそこにはなかった。いつかそんな感情が舞い降りてくるかと思っていたが、それはやってこなかった。

それでも、優美を伴侶として選ぶことに気持ちが傾いていった。

交際を始めて半年後に、車の中で初めてのキスを交わした。

キスの後、賢人は優美にプロポーズした。優美は「わたしでよければ」と言った。

賢人は「ありがとう」と肩を抱いた後に、言った。

「でも、これだけは正直に言っておきたいことがある」

優美は真面目《まじめ》な顔をして頷いた。

「優美も知っているように、ぼくは前の妻がどうしても忘れられない。十一年も前に亡くなった妻の面影を今も忘れられないでいる男なんだ」

「知っています。十一年も前に亡くなった奥様を、今も愛しておられるというのは、素晴らしいことだと思っています」

「ぼくは――」

優美は賢人の言葉を遮るように言った。

「わたしは奥様にとって代わろうという気などありません。亡くなった奥様には勝てないと思っています。でも、賢人さんと一緒に人生を歩んでいけたらと思っているんです」

賢人は優美の言葉を聞きながら、はるかのことを思い出した。

自分が生涯で最も愛した女ははるかだ。おそらくもう二度とはるか以上に愛する女には出会うことはない。それは確信できる。はるかへの愛は微塵《みじん》も減らないし、死ぬまで忘れない。しかし、はるかはもういない。二度と会えない妻への想いは封印して、新しい人生を踏み出す時が来たのだ。その意識は優美に対して罪悪感を伴うものだったが、これぱかりはどうしようもなかった。

優美はゆっくりと頷くと、落ち着いた声で言った。

「もし、はるかさんが生きているなら、嫉妬《しっと》で耐えられないと思います。でも同時に、負けないわ、と思った気がします。頑張って、賢人さんの心から追い出してみせると誓ったように思います。でも――」

そこで一瞬だけ悲しげな表情を見せた。

「亡くなった人には勝てない。逆に、それだから耐えられます」

三

優美と結婚して三年目に、賢人は独立して会社を立ち上げた。

「賢人さんなら、いつかやると思っていた」

その夜、レストランで優美と二人きりのささやかなお祝いをした。

「賢人さんの輝かしい未来に、乾杯!」

シャンパングラスを合わせた。優美がにっこりと微笑んだ。

独立後の展望は大いに開けていた。賢人が開発したプログラムが欲しいという会社はいくつもあったし、さらに開発中のプログラムもある。

賢人は嬉《うれ》しそうにワインを飲む優美を見て、わずかに心が痛んだ。かつて自分の独立を何よりも望んでいたのは、はるかだったからだ。もし、はるかが生きていれば、どんなに喜んでくれただろうと思うと、悲しい気持ちになった。

優美と結婚すれば、はるかのことはゆっくりと忘れていくだろうと思っていた。しかしそうはならなかった。はるかは依然、心の中にいた。何度も忘れようとしたが、無理だった。むなしい努力を続けた末に、結局自分はこの気持ちと折り合いをつけて生きていくしかないと思った。

もちろん、優美のことは愛していた。

優美は結婚以来、仕事の面でも私生活の面でも、ずっと自分を支え続けてくれた。こうして独立できたのも、彼女のお陰だ。優美がいたからこそ、会社は立ち上げから順調な滑り出しができた。三年間一緒に暮らして、本当に素晴らしい女性を妻にしたと思った。

優美と結婚してからは、はるかの声が録音された音声は一度も聞いていなかったし、はるかの姿がおさめられた映像も一度も観ていない。はるかの声を聞きたい、姿を見たいという思いはあったが、その気持ちを抑えていた。

「独立の次は、いよいよ話ができるＡＩの完成ね」

優美は励ますように言った。

「あなたがそれを完成させれば、世の中が変わるわ」

「簡単じゃないよ」

「大丈夫よ、あなたならきっとできる。だって、それを作るために会社を立ち上げたんでしょう」

賢人は頷いた。

人と会話ができるＡＩを作ることは、若い頃からの夢だった。それはコンピューターの誕生以来、世界のプログラマーたちが追いかけているものでもあった。近年、世界中の多くのプログラマーたちが様々な新しいアプローチを繰り広げ、全体のレベルは飛躍的に上がっていたが、まだ完璧なものはできていない。ただ、彼らの知識が積み重ねられ、その中には賢人が開発したいくつかのプログラムも使われていた。

もうひといきのところまで来ているという感覚があった。あと少しで劇的に何かが変わる。それはパズルのワンピースのようでもあり、知恵の輪の、探り当てていない角度のようなものだ。もう少しで壁を破れる。その壁の部分を一押しさえすれば、穴が開き、そこから光が差し込むはずだ。

「わたし、ＡＩのことは何もわからないんだけど、そもそも機械がどうして人間と会話できるの？」

優美の質問は、ＡＩを知らない人の典型的な疑問の一つだ。

「口での説明を聞くよりも、実際のＡＩを見ながら話を聞く方がずっとわかりやすい。後で研究室に行こう」

賢人はレストランでの食事を終えると、自宅兼会社のビルにある研究室に優美を連れて行った。

そこは窓のない八畳くらいの部屋で、大きな机がL字型に据え付けられ、周囲の棚にはパソコンが何台も置かれている。

賢人は一台のパソコンの電源を入れた。モニターに人型のイラストが浮かび上がった。

「これは大昔のソフトで、人と会話するタイプのＡＩとしては、ごく初期のものだ。基本設計は一九六〇年代。人の悩みや相談を聞いて、それに答えるというやつだ。と言っても、昔のＡＩだから、人間はキーボードで質問し、ＡＩも画面上のモニターに

「文字で答える」

「そんなに昔から、高度なAIがあったのね？」

「高度と言えるかどうか」

賢人は独り言のように呟くと、優美に「やってみるかい？」と言った。

優美は机の前に座った。

「どうしたらいいの？」

「何か話しかけてみたらいい」

優美は一つ深呼吸して、キーボードを叩《たた》いた。モニターに映っている二つの人型のイラストの一方の頭の横に、漫画の吹き出しのように文字が現れた。

「最近、少し太り気味なんだけど」

すると、もう一つの人型のイラストの頭の横に、文字が浮かんだ。

「ほう、最近、少し太り気味と？」

その後に、「思い当たることは何かありますか？」という文字が出た。

優美は少し驚いたようだったが、キーボードに、「食べすぎかなあ」と打ち込んだ。

するとAIは、「そうかもしれないね」と答えた。

「何これ！ ちゃんと会話ができてるじゃない。半世紀以上も前にこんなソフトが作られてたの」

　賢人は頷いた。

「創成期の頃から十分高度な性能があったのね」

「じゃあ、ぼくがやってみるね」

　賢人はそう言うと、優美の肩越しに、キーボードで文字を打ち込んだ。

「ぼくは馬です」

　するとＡＩはすかさず「ほう、ぼくは馬ですと？　思い当たることは何かありますか？」と答えた。

「火星に行ったからかもしれない」

「そうかもしれないね」

　優美はモニターを見て笑った。

「そういうことなのね」

　賢人は頷いた。

「今のは、たまたま同じ形で受け答えしたものだけど、実はここには三十通りくらいの返答パターンが入っている。それをランダムに組み合わせて、相手の質問に答えていく。すると、多くの人間は実際に知性を持っているＡＩと会話したような錯覚に陥《おちい》るんだ。このソフトを使って実験した結果、七〇パーセント以上の人が、ＡＩと意思疎通《そつう》ができたと思い込んだというデータがある。つまり機械に知性があると判断したんだ」

「本当は何も答えてないのにね」

「面白いのは、このＡＩとの会話で実際に悩みが解決したという人も少なくなかったんだ」

優美は声を上げて笑った。

「けど、実は、人間同士の雑談のほとんどが同じようなパターンの会話でできているんだ」

「そうかも」

「人間同士ではよく、一人が一方的に話して、もう一人が聞き役というケースがあるだろう。ああいうのは、機械でも相手を十分こなせる」

優美は頷いた。

「機械がはたして人間の言うことを理解しているかという判断――これはつまり機械に知性があるかどうかという判断なんだが、この実験はチューリング・テストと一般的に呼ばれていて、実際にやってみると、多くの人間がその判断がつかなくなるんだ。

さっきも言ったように、七割の人がこのコンピューターと意思の疎通ができたと思ったというデータがあるくらいだ」

「でも、このソフトには知性なんかないんでしょう」

「ない」と賢人は言った。「現代の優れたAIにも、実際には知性なんかない。ただ、あるように見えるだけだ」

「じゃあ、あなたが作ろうとしているAIも、本当は知性を持たせることなんかできないんじゃないの」

賢人が黙ったのを見て、優美は慌《あわ》てて「ごめんなさい」と言った。

「いや、別に気を悪くしてはいない。どうやって説明しようかと考えていたんだ」

優美は少しほっとした顔をした。

「実は知性とは何かというのは、すごく難しい命題でもあるんだ。乱暴に言ってしまうと、機械に知性がなくても、知性があると人間に錯覚させてしまえば、そこには知性があるということになる」

「どういうことなの？」

「変な譬《たと》えだけど、たとえば今、人造イクラはすごく精度が上がっていて、味も形も舌触りも本物そっくりに作れる。食べ比べしたってわからないし、プロの板前でも見分けはつかないと言われている。人造イクラははたして本物か偽物《にせもの》かという問題はもはや成り立たないんだ。つまり、ＡＩの知性もこれと似たようなもので、知性があると人間に錯覚させれば、あるということになる」

優美はわかったようなわからないような顔をしたが、賢人はそれ以上の説明はやめた。優美は質問した。

「それはそうと、今のＡＩは人の言葉が聞き取れるでしょう。あれも大変なことなの？」

「うん、音声認識技術のことだね。今は携帯電話でも人の言葉を聞き取る機能があるけど、あそこに辿《たど》り着くまでにも大変な苦労があったんだ。人の声の子音《しいん》を聞き分けるというのは非常に難しい。実は人間の声はいろんな波長の違う音が入っているんだけど、人は結構近似値《きんじち》で聴いている。そして同じ音に聴こえても、実は違う音ということもある。たとえば、『マンション半壊』と言ったとする。ここには『ん』という言葉が三回出てくるけど、全部、違う音なんだ」

「知らなかったわ。全部、ん、じゃないの？」

「マンという時の『ん』と、ションという時の『ん』と、半という時の『ん』は、全部、発声が違う。これは子音についている母音《ぼいん》もそうで、『き』と『し』とでは、同じ『イ』音でも発声が違う。もちろん音も違う。ぼくらは習慣的に同じと見なして聞いているけど、機械は違う音として認識するから、そのあたりも教えていかないといけない。細かく言えば、音と音素の話になるんだけど」

「多分、説明されても理解できないわ」

賢人は苦笑した。

「音を正確に聞くというのも大変な技術なんだけど、実は音を聞き分けることができても、それだけじゃ駄目なんだ。ずらりと並んだ音の羅列を、単語に分けていく作業が必要になる。つまり音をどこで切って、どの単語に置き換えていくかということを行なえなければ、役に立たない」

「人間ってそういうことを一瞬にしてやってのけているんだから、本当に凄《すご》いのね」

「うん。どれほど容量の多いコンピューターをつなげても、人間の赤ん坊には敵《かな》わない。赤ん坊は大人たちの言葉を聞くうちに、そこにある微妙な音の違いを聞き分けていく。ぼくら日本人の大人はLとRの違いを聞き分けることができないけど、赤ん坊はちゃんと聞き分けている。でも周囲が日本人ばかりだと、LとRの違いを聞き分けることは不要だと判断するようになって、いつのまにか聞き分けられなくなってしまうんだ」

「すごい！」

「人間の脳というのは、必要があれば、どんどん進化するけど、不要なものは、どんどんその能力を捨ててしまうんだ」

「人の脳って、数パーセントしか使ってないというのは本当なの」

「よく言われるね。でも、それは可能な限り省エネで動かしているからなんだ。ぼくらは普段、できるかぎり脳を休ませながら使っている。別な言い方をすると、すごくさぼっている。だからこそ、様々なことにスピード豊かに対応できる。文章を聞いたり読んだりするのも、その能力があるからなんだ」

「言ってる意味がよくわからない」

賢人は「たとえば」と言いながら紙に文章を書いた。

――大根とニンジンとホウレソンウは野菜である。

「これ、正しく読める？」

「大根とニンジンとホウレンソウは野菜である」

「ホウレンソウとは書いてないよ」

紙を見直した優美は、小さな声で、あっ、と言った。

「ぼくらが長い文章を素早く読めるのは、無意識に予測を使ってさぼっているからなんだ。コンピューターにはそれができない」

「わたしの脳って、わたしよりも賢いみたい」

賢人は笑った。

「賢人さんが作っているAIは、かなりのところまで来ているのでしょう」

「質問されて答えるところまではできている。百科事典に載っていることなら、ほぼ答えられる。コンピューターなら膨大なデータがあるから、簡単に答えられるでしょうと思うかもしれないけど、実は質問に答えるというのは、ものすごく大変なことなんだ。というのは、まず人間の質問の意味を正しく理解できないと答えられないからなんだ」

「質問の意味を理解する――？」

「たとえば、江戸幕府を開いたのは誰？　という質問に答えるコンピューターなら、結構早い段階に開発された。これはコンピューターが『江戸幕府』『開く』『誰』という三つのキーワードから当てはまる人物をデータから取り出しただけなんだ」

「つまり正しく文章を理解していないということね」

「そう。だから、江戸幕府を開いた人物の息子を殺したのは誰でしょう？　という質問には、コンピューターはなかなか答えることができなかった。さっきのキーワードに『人物』『殺す』が入っただけで、答えが見つけられなくなる。そうしたキーワードからだけでは織田信長《のぶなが》という人物は引っ張り出せないんだ」

「文章を理解していないからなのね」

「あと、『鳥は哺乳類《ほにゅうるい》ですね、と訊かれたら、あなたはいいえと答えますか？』という二重質問の形でも、コンピューターはお手上げだった。ただ、専門的な話は省くけど、最近、ディープラーニングを使ったやり方で、それらを克服できるようになった」

「ディープラーニングって、よく聞くけど、どういうものなの」

「深層学習と訳されているけど、わかりやすく言うと、コンピューターが自ら学習していく能力だよ」

「具体的には？」

「たとえば、昔、インベーダーゲームというのがあったのは知っている？　これをAIにやらせていい得点を取らそうと思えば、ものすごいデータを入力しないといけない。インベーダーの攻撃スピード、自分の射撃スピード、インベーダーの種類の識別と得点とかね。それに想定されるあらゆるパターンのデータを覚えさせる必要がある。ところが、ディープラーニングを使う場合は、何も教えない」

「何も教えないの？」

「高い点数を取るという目的だけを教えてゲームをやらせる。すると、最初のうちはまるでできない。すぐにゲームオーバーになってしまう。何しろ、無茶苦茶やってるわけだから。幼稚園児以下の下手くそさで、最初はインベーダーにやられまくる」

　優美はおかしそうに笑いながら、「完全に初心者なのね」と言った。

「ところが、何時間もやらせていると、だんだん上手《うま》くなっていく。ＡＩ自身が、どうやればインベーダーをやっつけることができるか、どう動けばインベーダーの攻撃から身を守ることができるか、ということを覚えていく。そうやってひたすらやらせていくと、いつのまにかインベーダーゲーム・マスターになる」

　優美は感心したように大きく頷いた。

「そのディープラーニングを、『話を聞く』ということに応用したわけね」

「原理的にはそうだけど、ディープラーニングをどうプログラムするかということが難しいんだ。インベーダーゲームだと、高い点数を取る、というわかりやすい目的があるけど、文章の理解の目的というか目標値がＡＩにはわからない。そのあたりは人間が評価する必要がある」

「会話の目標値って、たしかに難しいわね。雑談って正解がないもの」

「そう、質問に答えるというのは、正解がある。でも、雑談には正解がない。会話のバリエーションは無数にある。そのどれかが正解というわけじゃない。だから、ＡＩには判断できない。ディープラーニングをどう使うかが困難になるというわけなんだ」

「じゃあ無理やり、正解を与えてやれば、いいんじゃない」

優美のアイデアに、賢人は笑った。

「それじゃあ雑談じゃなくなるよ。決まりきった返答とかリアクションしかできないＡＩになる」

「そうかあ」

「たしかにある性格を想定して、リアクションや会話の流れを、それに合わせるようにしてやれば――」

賢人はそこまで言って、はっとした。

決まりきった返答では本当に駄目なのか、と思ったのだ。

――待てよ、ここに何かある。賢人は必死で頭を整理した。

そうだ。会話ができるＡＩを汎用型《はんようがた》と考えるから難しくなるのだ。そもそも人間に近い自由度を持たせようという考えは、違うのではないか。なぜなら、人間だって皆、性格が違う。ＡＩだって、同じはずはない！

自分は「自由な会話」というものに囚われすぎていた。誰かに何かを言われた時の反応や、それに対する言葉は無限にある。そうした中で、どのような言葉を使うか、自らの意思で選んでいくAIを作り上げようとしていたのは、実は間違ったアプローチだったのかもしれない。「AI自身が会話をする」という大命題の前で、実はとんでもない迷路に彷徨《さまよ》いこんでいたのだ——。

「どうしたの、怖い顔をして」

優美は不安そうに賢人の顔を覗《のぞ》き込んだ。

賢人は顔を上げて大きな声で言った。

「コロンブスの卵だよ。今、大きなヒントを得たよ。いけるかもしれない！」

四

賢人はAIにある「性格」を与え、その性格による雑談パターンをモデル化してディープラーニングをさせてみようと考えた。

賢人が考えたのは、「素直で、穏やかな性格」だった。とはいえ、そんな抽象的なものをプログラミングすることはできない。性格というものをいくつかに分類し、それを数値化して、モデルパターンを一〇〇〇通りくらいデータにして、AIに教え込んだ。この作業はとても一人では不可能なので、社内でプロジェクトチームを作り、人海戦術で進めた。

この性格設定に三ヵ月かけた。次に、その「性格」に合わせて、様々なプログラミングを施し、ディープラーニングを開始した。そして修正を加えつつ、半年後に、ようやく初期型を完成させた。

「一応、雑談ができるAIが完成したよ」

賢人は優美に言った。

「こんなものでも半年もかかった」

賢人の研究室の机の上には、生まれたばかりのAIがあった。といっても、机の上にあるのは、モニターだけだ。実体はそこに繋《つな》がれたCPU（中央処理装置）十五台にある。

「何でも、喋《しゃべ》ってみて」

賢人は優美に言った。

「このマイクで？」

「音声識別能力はあるから、人の言葉は理解できているはずだ。AIはモニター横のスピーカーで答える。もっとも喋る方は、簡易な発声システムを乗せているだけだから、機械音で、しかもアクセントもおかしいけど、そのあたりは、今は目をつむってほしい」

優美は頷いた。

「じゃあ、立ち上げるよ」

賢人が操作すると、モニターにCGで描いた顔が出た。

「こんにちは」

スピーカーから声がした。優美は驚いたようだったが、「こんにちは」と挨拶《あいさつ》した。

AIは「初めまして」と返事した。

「あ、はい、どうも。こちらこそ、初めまして」

優美はそう答えた後で、賢人に向かって「機械の声そのものね」と囁《ささや》いた。賢人は同じく小さな声で、「そのあたりは気にせずに、何か喋って」と言った。

「あなたのお名前は？」

優美が訊くと、AIは「わたしの名前はアイです」と答えた。

「アイさんは男の人ですか？」

「わたしは男でも女でもありません」

優美は小さく笑った。

「今、笑いましたね」とＡＩが言った。「わたしの答えがおかしかったですか」

「いいえ」

「ならよかったです」

「アイさんはどんな話がしたいですか」

「わたしはあなたが望む会話なら、何でも歓迎です」

「ピカソはご存知？」

「画家のピカソですか」

「ええ。わたしの好きな画家です。アイさんは好きですか？」

「素晴らしい画家だと思います。二十世紀最大の画家の一人です」

優美は驚いた表情で、振り返って賢人の顔を見た。賢人は頷いた。

優美はモニターに向き直ってＡＩに訊《たず》ねた。

「どんな作品が好きですか？」

「ゲルニカもいいし、アビニヨンの娘たちもいいですね」

優美はまた振り返って賢人を見た。

賢人が「ゲルニカは駄作だよ」と大きな声で言った。するとアイは、「たしかにそうとも言えますね」と答えた。

「ポヨヨンはピカソよりも素晴らしいよ」

賢人の言葉に、アイは「ポヨヨンはよく知りません。最近の画家ですか。よかったら教えてください」と言った。

「ポヨヨンはダチョウの絵が有名だ」

賢人が言うと、アイは「そうなんですね」と答えた。

優美が賢人を睨んで、小さな声で、ひどい、と言った。賢人はにやっと笑うと、同じく小さな声で、「ポヨヨンは知っているかとアイに訊いてみて」と言った。

優美は呆れた表情を浮かべながらも、「ポヨヨンという画家を知っていますか？」と訊いた。するとアイは、「ピカソを超える画家と言う人もいます。ダチョウの絵が有名です」と答えた。

賢人はいったんマイクを切ると、「アイには記憶メモリーも入っている。人間との会話を記憶していくんだ」と言った。

「今、嘘《うそ》を教えたわ」

「また後で訂正してやればいい。アイは訂正も受け入れる」

「でも、アイと喋る人が皆、違うことを言えば、どうなるの？」

「混乱するだろうけど、そのうち多くのデータから、何が正しいのかを判断する。より多くの人が言うことを正しいと判断する。でも、それは人間も同じだ」

「さっきＡＩが、最近の画家ですか、と訊いたのはなぜ？」

「アイにはブリタニカの百科事典のデータが入っている。ところが、その中にポヨヨンという画家はいなかったから、最近の画家かもしれないとアイが類推したんだ」

「なるほどね。でも、人の言うことは疑わないのね」

「そういう風にプログラムしたからね。疑り深い性格をプログラムすることも可能だ。そうすると、全然違う会話をするＡＩになる」

「じゃあ、ＡＩには心があるとみていいの」

「いや、心はない。そんな風に見えるだけだ」

そう言いながら、賢人は手ごたえのようなものを摑《つか》んでいた。データ量を増やして、ディープラーニングの精度を上げれば、人間と変わらないくらいの会話ができるＡＩを作ることは可能だ——。

「ところで、ＡＩの側が嘘をついたりはしないの？」

優美が訊いた。

「AIに嘘をつかせるのは、実は難しい問題なんだ」

「そうなの？」

賢人は頷いた。

「人が嘘をつくときは何か目的がある時なんだ。悪事を隠したり、見栄《みえ》を張ったり、恥ずかしさをごまかしたり、他人を騙《だま》して得をしようとしたり、とかね。けど、AIはそんなことをする必要がない」

「なるほどね」

「AIに嘘をつくようにプログラミングすれば可能だけど、それは人がつく嘘とは違う。嘘が現れる頻度も入力したランダム表に基づくものになるし、その嘘自体に何か意味があるわけでもない。単なる嘘ということになる」

「嘘って難しいのね。人間なら幼児でも平気で嘘をつくのに」

「そうなんだ。もし、AI自身が、嘘をついたほうがいいと思って自発的に嘘をつくようになれば、そのAIは人間と同じ心理を持っていると言えるかもしれない」

「そう考えると、やっぱり、人間てすごいのね。何か、わたし自身が偉くなった気がするわ。だって、嘘がつけるもの」

優美はそう言って舌を出した。それを見て、賢人は笑った。

「わたしは死んでなんかいないわよ」

はるかは微笑《ほほえ》みながら言った。

賢人は目の前にいるはるかの顔をじっと見つめた。間違いなくはるかだ。若くて美しい。

「死んだものとばかり思ってた」

はるかはおかしそうに笑った。

賢人は胸の奥から喜びが湧き起こってくるのを感じた。はるかが死んだというのは、やはり間違いだったのだ。どうして死んだなどと思っていたのか。

はるかの手を握った。はるかは少し恥ずかしそうな表情を浮かべた。

「どこにいたの、今まで。探していたんだよ」

「わたしは賢人を待っていたのよ。あの日、海岸でずっと待っていたわ」

ああ、そうだった。あの日、ぼくが約束を覚えていさえすれば、はるかに会えたんだ。そうしたら、はるかとは別れずに済んだはずだ。

え、別れずに済むってどういうことだ。　はるかとは一緒になったはずじゃなかったのか。今も、こうして一緒にいる――。

「ＡＩの完成、おめでとう」

はるかは言った。

「知っていたの？」

「賢人のことなら、何でも知っているわ」

「どこかで喋った？」

「ううん、でも、知ってるの」

賢人は驚いた。一瞬、もしかしたら、優美のことも知っているのだろうかと思った。

「でも、まだ未完成なものなんだ」

「心配いらないわ。賢人なら、いつか素晴らしいＡＩを作り上げるわ」

「ありがとう」

「お礼を言うのはわたしよ。だって、わたしに会いに来てくれたんだもの。ずっと待っていたのよ」

「いつでも会えるよ」

賢人はそう言ってはるかを抱きしめた。すると、腕の中の感覚がなくなった。同時に、はるかの姿が霞《かす》んだ。

「はるか」

賢人ははるかの名を呼んだが、はるかの姿はもうどこにもなかった。

気が付けば、誰もいない海岸に一人で立っていた。

その時、夢から覚めた。部屋の中は真っ暗だった。

目が覚めても、しばらく動悸《どうき》が収まらなかった。生々しい夢だった。夢の中で握ったはるかの手の感触ははっきりと覚えている。

体を起こして目を開けると、隣のベッドで優美が寝ている。

ベッドから降り、優美を起こさないように静かに寝室を出ると、研究室に行った。そして机に向かうと、ノートに「はるか　AI　再現」と書いた。

異様な興奮で鉛筆を持つ指が震えた。

夢中で、ノートにメモした。いつもならPCに打ち込むのだが、この時は鉛筆を握って、溢《あふ》れ出るアイデアを書きなぐった。頭の中には今、夢の中で見たはるかの姿があった。

賢人はノートと格闘しながら、はるかを失ってからの絶望的な日々が心に甦《よみがえ》ってくるのを感じた。

あの時、もう一度会いたい！　とどれほど願ったことか。それが叶《かな》うなら、悪魔に魂を売ってもいいと思った。

現代医学がどれほど進んでも死者を蘇《よみがえ》らせることはできない。これが機械なら同じものを作れるのに、と何度思ったことだろう。時計でも、テレビでも、車でも、たとえどんなに壊れても、時間さえかければ同じものを作ることができる。完全に死んだ機械でも生き返らせることができる。

しかし、同じ人間を作ることは不可能だ。死んだ者は永久に生き返らない。そして同じ人間は決して生まれない。はるかはもう二度とこの世に生まれない。たとえ自分が不老不死の能力を手に入れて、この先、何万年も生きたとしても、はるかと出会うことはできない。これまで何百億人と生まれてきた人類に同じ指紋を持つ人間がいないように、はるかはこの地球上に生まれた、ただ一人の人間だ。過去にも同じ人間は生まれなかったし、今後も永久に生まれない。

はるかと同じ女を作るには、同じＤＮＡを持ったクローンでなければ不可能だ。いや、たとえはるかの細胞からクローンのはるかを作ることができても、それは自分が知っているはるかではない。ただＤＮＡが同一な生命体にすぎない。はるかではない。はるかであるためには、はるかと同じ経験をし、同じ記憶を持つ人間でなければならない。それを生み出そうとするなら、そのＤＮＡを持った生命体を、はるかが生まれ育った同じ環境に置いて育てなければならない。そんなことは不可能だ。つまり自分はこの宇宙を永遠に彷徨っても、はるかに出会うことはない――。

これまでも賢人は何度も同じ思考の経過をたどり、最後はその結論に思い至った。そのたびに、賢人は底知れぬ絶望の暗黒に落ちていくような気持ちになった。

しかし今、その結論を覆《くつがえ》せる可能性を見出《みいだ》したと思った。AIなら、はるかを蘇らせることができるかもしれない。自分が開発したAIを使えば、はるかは生き返る。

そうすれば――もう一度、はるかに会える。

五

賢人が考えたのは、はるかのように話すAIを作ることだった。はるかと同じ声で、はるかと同じように話し、はるかと同じように答え、はるかと同じように笑う。

そんなAIを作れば、はるかと会話を交わすことができる。そこにははるかの実体はないが、生きているはるかと同様のコミュニケーションを取ることができるはずだ。

賢人はそのためのプログラムの開発を決意した。

ただ優美に内緒でやりたくはなかった。それは優美に対する裏切りと思えたからだ。

それに会社の金と人を使ってやる限り、優美に知られずにやることは不可能だった。賢人からその話を聞かされた優美は驚いたが、反対はしなかった。

「本当にそんなことができるの」

「ぼくの計算では可能なはずだ」賢人は言った。「はるかがどんな話題でどう答えるかというデータを入力すれば、はるかと同じように会話できるAIを作ることができる。そのデータは十分にある」

優美は頷《うなず》いたが、少し不安そうな表情で尋ねた。

「それって、はるかさんの感情を持つということ？」

「正確に言えば、違う。はるかとそっくりな思考回路を持つということだ」

「思考回路って――。AIは考えることができないんじゃなかったの？」

「今のは口が滑ったかもしれない。厳密に言えば、AI自身に思考回路はない。これは、人間のように考えて喋ることはできないということだ。でも、同じリアクションをすることはできる」

「反応がそっくりということね」

「そっくり同じなら、それはもう本物と言える。前に人造イクラの話をしたのを覚えている？　あれと同じだよ」

「でも、人造イクラは本物のイクラじゃないでしょう。成分は違うんでしょう」

「実際にイクラを食べる時、成分を分析する人っていないだろう。少なくとも人間の舌にはできない」

優美は納得がいかない顔をしていたが、反論はしなかった。

「なんとなくだけど、いつか思考するＡＩが誕生する気がするわ」

「もし、思考するＡＩが生まれたら、その時がシンギュラリティを超える時かもしれない。そうなるとどうなるかは予測がつかないとも言われている」

「シンギュラリティって？」

「技術的特異点というものだけど、人工知能が人類に急速な進化をもたらす瞬間、とでも言えばいいのかな。そこを超えると、人類の進化速度が無限大になるという仮説に基づく言葉だよ」

「わかるような気もするわ。ＡＩが人間のような思考と感情を持てば、それは人類を超えた存在になるものね」

「そういうこと。でもさっき言ったように、残念ながらＡＩは自ら思考しないし、感情もない。すべてはそういう風に見えるようにプログラミングされたものだ」

「ふーん」

「ただ、人間の感情は複雑に見えるが、実は解析可能なデータだと思う。少なくとも言動パターンは九九パーセント予測できる。つまり、ある感情をプログラミングすれば、その感情に則《のっと》って喋ったり行動したりするAIを作ることは可能なはずだ」

優美はやや微妙な表情で頷いた。

賢人は同じように「性格」を与えることも可能だと考えていた。もっとも厳密には、人造イクラが本物のイクラではないように、それは本物の感情や性格ではない。あくまで、人間にそうだと錯覚させるプログラムだ。

ただ、ある人物の感情や性格をそっくりにプログラミングすることは容易ではない。先日、作った試作AIは単純な性格を持つものだったが、それでも作るのに半年もかかった。はるかの性格と感情をAIに与えるには、それ以上の時間がかかるのは必至だ。

しかし十分可能だと、賢人は考えた。情報量を増やして高性能のCPUに処理させれば、はるかと同じ性格を持ったAIを作ることは不可能ではない。幸いにしてデータは十分にある――かつて自分が録《と》りためた、はるかの記録だ。それらをうまく使えば、コンピューターの中に、はるかと同じ「感情」と「性格」を持つAIが創《つく》り出せるはずだ。

そうなれば、もう一度はるかと会話を交わすことができる――。

賢人は「はるか再生プロジェクト」の研究にとりかかった。まず会社の中から何人かのスタッフを選んだ。このプロジェクトは会社のための業務でもある。自分が作ろうとしているAIは特殊なものだが、これに成功すれば「汎用型」を作ることができるからだ。

ただこのプロジェクトはコンピューターの専門家だけではこなせない。そのために心理学の専門家たちを雇い入れた。大学で心理学を教えている教授と准《じゅん》教授、それに大学院生たちのチームだった。

彼らに要求したのは、はるかの性格を把握することだった。チームは、賢人とはるかの膨大な会話の録音から、はるかの性格を分析する作業に取り掛かった。全部で一二四六時間二一分ある録音をすべて聞き、はるかの性格を分析するのだ。ほかにはるかを撮影した映像が六九時間四五分ある。これらの映像にも会話はあるし、また会話時の表情もある。これも貴重な資料だった。

チームは、はるかの性格をデータに組み入れていった。性格や感情を膨大な項目に分けて、それらをデジタル的に数値化していくのだ。性格分析には、はるかが生まれて亡《な》くなるまで、どのように過ごしてきたのかという情報も必要だった。そのために「はるか追跡チーム」を結成し、はるかの両親や弟、友人および知人たちから、はるかとの思い出や印象を取材させた。

それらのインタビューの録音時間だけでも三〇〇時間を超えた。その情報はすべてAIに「記憶」させるとともに、幼少期、少女期のはるかの行動や言動は心理学チームの分析にも用いられた。たとえば「対人関係における気の強さ」という性格は、兄弟、両親、賢人、友人、職場の同僚、先輩、後輩などの相手によって、あらわれる形が違う。また同じ人物相手でも、状況によっても話題によっても変化する。これらを可能な限り組み合わせ、それぞれのケースでひとつひとつ数量的に値を決めていくのだ。

賢人自身がはるかの性格や感情を直接AIに打ち込まなかったのは、作業が膨大だからだけではなかった。はるかを誰よりも知っているのは自分だという自覚はあったが、それだけにそれは主観による歪《ゆが》みがあると思っていた。愛しているからこそ見えない部分、錯覚している部分が必ずある。いわゆるあばたもえくぼというやつだ。はるかの性格と感情を客観的に判断するには、はるかという人間をまったく知らない第三者が行なうべきだと考えていた。それで、賢人はチームが出してきたデータを、そのままスタッフに入力させた。さらに録音に残されていないデータもスタッフに提供した。再会してからはるかと交わした会話をパソコンに打ち込んだ記録、もらったメールなどだ。

これらをすべて打ち込めば、ＡＩははるかと極めて似た性格になる。これは「微積分」の考え方に近いと考えていた。かつてニュートンが曲面の面積を求めるのに使った方法だ。曲面をいくつかの長方形が埋め尽くしていると考え、それを極限まで小さくして合計すれば、曲面の面積が求められるというものだ。

写真だってそうだ。小さなドットを組み合わせて映像を作る。ぼかしや陰影も、ドットの集合体に過ぎない。ＣＤの音も同様だ。ヴァイオリンのポルタメントにはあらゆるヘルツの音があり、それはグラフにすると滑らかなカーブを描いているが、ＣＤはその音を階段状に録音して再生する。しかし人間の耳には、なめらかなポルタメントに聴こえる。それと同じように、ビッグデータによる性格の解析は、ほぼ生身の人間の性格になるはずだ。

賢人は心理学チームに対し、はるかのリアクションの答えを求めた。人間と会話をするＡＩとなれば、こちらの問いに対して、人間ならではの返答をしなければならない。過去の膨大な録音から、質問に対する返答のデータはある。しかし過去の録音にはない質問に対して、どう答えるかが重要だ。また人間は、同じ質問には、必ず同じ答えをするとは決まっていない。ＡＩがどんな会話をするかも、すべてプログラムで決まる。

スタッフに性格と感情のデータを打ち込ませながら、賢人は別のチームも作っていた。音声再現システムを作り出すための、音響技師たちのチームだ。

ＡＩと、キーボードと画面モニターで会話のやりとりをするつもりはなかった。直接、言葉で会話を交わすのでなければ、はるかが蘇ったとは言えないからだ。つまり、自分の言葉をＡＩが聞き取り、それに対して、音声で答えるシステムを作り上げるのだ。

音響技師のチームは、賢人の要求に応《こた》えて、はるかの声の波形と周波数にそっくりな声を作り上げた。しかし厄介だったのは、言葉のスピードとアクセントだった。同じ言葉でも、前後の言葉によって微妙にアクセントが変化する。また、はるか独特の癖もある。さらに、発話する時の感情によっても、言葉はまるで違う響きをする。

音響チームはまず、ＡＩに録音と同じ言葉を言わせ、その後に、ＡＩに録音を聞かせて、違いを自らに判定させるという方法を取った。このディープラーニングを使った方法は大きな効果を上げ、ＡＩは、はるかとそっくりな話し方ができるようになった。

次に音響チームは、映画やドラマのセリフをＡＩに言わせた。これらはかつてはるかが言ったことのないセリフだ。ＡＩは最初、少しぎこちなかった。アクセントも言葉遣いも微妙に違った。

この判定をしたのは賢人自身だった。いかに機械的に正確でも、最終的には人間の感覚にまさるものはないからだ。まるではるかが話しているように聴こえた場合は十点、ほとんどそっくりだが違和感を覚えた場合は九点、似ているがわずかに違う場合は八点という風に、以下、違う度合いが大きいごとに点数を低くしていった。点数を低く付けられたＡＩは、再度、同じセリフをわずかに変えて言い直した。点数は上がる場合もあれば、下がる場合もあった。しかし何度も繰り返すうちに、ＡＩはどういう話し方をすれば点数が上がるか下がるかということを学んでいった。やがて、どんなセリフを語らせても、ほぼはるかの話し方だと思えるほどになった。

六

賢人は「はるか再生プロジェクト」に生活時間のほとんどを費やしていた。

会社の経営は賢人がいなくても順調だったが、これは優美が管理をしっかりと行なっていたからだ。賢人は時々、優美から報告を受けて簡単な指示を与えるだけだった。

ある日、優美は「このプロジェクトはすごく意義のあることだと思えてきたわ」と言った。

「最初は、あなたの自己満足に近い研究だと思っていたの。でも最近、そうじゃないって気がしてきた。だって、亡くなった人に会いたいというのは、昔から人々の究極の夢だったのよ」

「そうかもしれないな」

「古事記にもイザナギが死んだ妻のイザナミに会いに黄泉《よみ》の国へ旅立つ話があるわ」

「その気持ちはわかる。きっと古代の人も愛する人にもう一度会いたかったんだな」

「ギリシャ神話にも似た話があるわ。オルフェウスが亡くなった妻のエウリュディケーを取り返すために冥界《めいかい》に旅立つ話よ」

「死んだ妻を取り返すのか――凄い情熱だな。それでオルフェウスは、妻に会えたの？」

優美は答えなかった。

「その物語のラストを教えてほしいな」

「オルフェウスは冥界の王と妃《きさき》の前で竪琴《たてごと》を奏《かな》でて、エウリュディケーを返してほしいと訴えるの。オルフェウスのあまりに悲しい竪琴の音色に心を打たれた冥界の王は、エウリュディケーをオルフェウスに渡す。でも、ひとつ条件を付けるの。冥界を抜けるまで、後ろに従うエウリュディケーを決して振り返って見てはならないと」

「それで、どうなるの？」

「オルフェウスはあと一歩で冥界を抜けるというところで、後ろにエウリュディケーが付いてきているのかと不安になって、ついに後ろを振り返ってしまうの」

「えっ」

「でもその瞬間、エウリュディケーは冥界に落ち、それがオルフェウスが彼女を見た最後となったの」

「切ない話だね」

賢人はため息をつきながら言った。優美は頷いた。

「で、イザナギの方は妻に会えたの？」

「知りたい？」

「うん」

「こちらの話は怖い話よ」

「どうなったの？」

「イザナギは黄泉の国に入って、イザナミに出会うのだけど、イザナミは腐りはててウジがわいた醜い姿に変わり果てていたの。イザナギはその姿を見て、恐れおののいて逃げるの。怒ったイザナミはそれを追いかけるんだけど、イザナギは最後、桃の実を投げつけて、黄泉の国の醜女《しこめ》たちを追い払うの」

「聞かない方がよかったかな」

賢人はそう言って笑ったが、優美の話には、亡くなった人にもう一度会おうとしてはならない、という暗示のようなものが含まれている気がした。もしかしたら、亡くなった人のことは忘れて生きろ、という教えなのかもしれない。

しかし、と賢人は思った。洋の東西を問わずそんな話が残っているくらい、死んだ人にもう一度会いたいという願いは、古代人の夢だったのだ。口寄せをする恐山《おそれざん》のイタコのように、死者の言葉を語る者は昔からいる。自分が今、やろうとしていることは、長い間、人類が望んでも叶えられなかったことかもしれない。AIこそは、二十一世紀のエウリュディケーかイザナミになるに違いない。

賢人は「はるか再生プロジェクト」に、敢《あ》えて「イザナミ・プロジェクト」と命名した。

プロジェクトが動き始めてから三年が経過した。

音声による会話はかなりのところまで来ていたが、賢人はより高い次元の完成度を求めて、はるかが話す映像を作ろうと考えた。音声にシンクロさせて口の形を合わせる「リップシンク」の精度を高めればいいはずだった。理論的には可能だが、発声すると同時に、その映像を選び出すシステムの作成は困難を極めた。

その上に、賢人は更に過酷な要求をチームに課した。それは会話の内容に合わせて表情が変化するというものだ。楽しい時には楽しい表情、不機嫌な時には不機嫌な表情、おかしい時には笑い、悲しい時には泣くという表情を見せることだった。

賢人と映像チームは、様々な試行錯誤の末に、実際の映像とコンピューターグラフィックスを組み合わせることによって、それを可能にした。そのためにコンピューターグラフィックスの会社に製作を依頼した。その会社は全部で二百七十八種類の表情を作り出した。その結果、モニター上には、実際にカメラの前ではるかが話しているのと寸分変わらない映像を映し出すことができた。

しかし賢人は満足しなかった。表情だけが二次元のモニター上に現れるのではなく、全身をホログラムで再現できないかと考えたのだ。こちらはそれほど困難なことではなかった。最新の映像技術を使えば、３Ｄで再現することは可能だった。

「イザナミ・プロジェクト」に投入した金額は莫大《ばくだい》なものになっていた。賢人の会社が彼の開発したいくつかの特許の使用料によって、大きな利益を上げていたから可能なことだった。

七

「イザナミ・プロジェクト」が終わったのは、計画を始めて五年後だった。

最終的に、完成したＡＩは高性能のＣＰＵ（中央処理装置）百二十五台、ＧＰＵ（グラフィックス処理ユニット）十八台というものになった。賢人はそれらをすべて自宅のフロアに上げ、一室を丸ごとそのＡＩ用に使った。賢人は完成したＡＩを「ＨＡＬ‐ＣＡ」と名付けた。ＨＡＬ‐ＣＡの発熱量はすさまじいもので、部屋を冷ますために業務用の大型冷房機を二台設置していた。

ＨＡＬ‐ＣＡを起動させる日は、はるかに書店で再会した日に決めた。ＨＡＬ‐ＣＡが完成したのがその三日前だったので、その日に決めたのだった。こんなタイミングで完成するなんて、そのこと自体が運命的だと思えた。

起動するまでの三日間は、期待と不安が入り混じった、大変な緊張感だった。

初起動は一人で行なうと決めていた。プロジェクトに尽力してくれた社内のスタッフには悪かったが、初めてＨＡＬ‐ＣＡと話す時は、一人でいたかった。これに関しては、優美も何も言わなかった。いずれは優美にもスタッフにも披露するつもりだった。

ＨＡＬ‐ＣＡを立ち上げるのは、深夜の二時にした。その時間なら、優美も寝ているからだ。

賢人は午後十一時にシャワーを浴び、髭《ひげ》を剃《そ》った。新しい下着をつけ、髪を整え、この日のために用意したスーツを着用した。はるかとの十八年ぶりの再会は、賢人にとっては、それほど大切な儀式だった。

午前零時にはコンピュータールームに入り、コンピューター、モニター、スピーカーなどを念入りにチェックした。万が一にもミスは許されない。

この部屋のコンピューターは業務用の電源が使われていたが、もし何らかの原因で停電などの事故があれば、ただちに緊急発電機の予備電源に切り替えられるようになっていた。また部屋のコンピューターは他の電子機器の影響を一切受けないように設計されていた。

すべてのチェックを終えると、午前一時を少し回っていた。賢人ははるかが現われる部屋のソファに腰かけ、目を閉じて心を落ち着けた。HAL‐CAは午前二時ちょうどに自動的に立ち上がる。

五年の間にホログラムは何度も見ていたし、音声も何度も聴いていたが、それらの映像や音声は未完成のものだった。HAL‐CAの基本設計を元に作られた別バージョンのものだ。実際にそれらのAIと会話もした。ほぼ満足できる完成度だった。そしていよいよはるかの姿をしたホログラムが現れ、はるかの声と会話することになる。

もうすぐ、この部屋にはるかが現れるのだ——そう思うと、胸の高鳴りと同時に、恐怖感が芽生えた。

落ち着け、と自分自身に言った。現れるのは本物のはるかではない。はるかと同じ

「感情」と「性格」を持つＡＩだ。ホログラムには実体はない。声もまたコンピューターで再現した機械音だ。それらは本物そっくりに見えても本物ではない――人造イクラのようなものだ。

さっきから、ＨＡＬ-ＣＡを単なる機械だと思い込もうとしている自分に気付いた。

部屋を見渡した。この部屋は、はるかと新婚時代に暮らした部屋を再現して作られたものだった。彼自身はひそかにこの部屋を「はるかの部屋」と名付けていた。百二十五台のＣＰＵと十八台のＧＰＵは壁を隔てた隣室に備え付けられていた。

「はるかの部屋」には、かつてはるかと暮らしていたときと同じ家具や調度品を揃《そろ》えていた。ソファと椅子《いす》と本棚は部屋の写真をもとに、家具職人に同じものを作らせた。本棚の中に入っている本も当時と同じ、壁紙も同じだ。賢人はソファに座って、その部屋を眺めながら、懐《なつ》かしい気持ちでいっぱいになった。

はるかがよく使った机の上には、水入りメノウがあった。はるかの手作りの布製の小さな座布団《ざぶとん》の上に、それは鎮座していた。石の表面には、かつてはるかが口紅で書いた文字が今も残っていた。

部屋は少し暗くしてあった。ホログラムを見えやすくするためだ。

壁と天井の裏側には、音が反響しないように特殊なボードが張り付けてあり、また部屋全体に完全な防音装備が施されていた。中央に置かれたソファはL字型で、賢人はその長い方に腰かけた。それが賢人の定位置だった。はるかはいつも短い方に座っていた。ホログラムはそこに現れるように設計されていた。

時計を見た。十分前だ。３Ｄ用の眼鏡をかけ、大きく深呼吸をした。自分の鼓動の音が聞こえる。落ち着け、と何度も言った。こんなに緊張していると、はるかに笑われるぞ。

突然、ピアノの音が流れた。はるかが弾くバッハの平均律クラヴィーア曲集の第一巻第一番のプレリュードだ。これもプログラム通りだ。

歌うような美しいピアノの音色に耳を傾けていると、まるで目の前ではるかが弾いているかのようだった。そうだった——かつてはこんな風にソファに座って、はるかのピアノを聴いていた。

やがてピアノは最後の和音を叩《たた》くと、静かに消えた。

その時、ソファの上にうっすらとした明かりが見えた。

その明かりは人型になり、ソファの上にぼんやりと姿を現した。

賢人は息を止めてそれを見つめていた。ホログラムの女性ははるかだった。

はるかはソファに腰を下ろして、目を閉じていた。青いワンピースは見覚えがある。

はるかのお気に入りの服だった。たしかまだ捨てないで置いてあったはずだ。

軽くウェーブのかかった長い髪を肩の下まで垂らしている。

はるかは目を閉じたまま、一度背中を伸ばしてから、突然、目を開いた。

その目は賢人をまっすぐに見た。

賢人は緊張してはるかを見つめた。ＨＡＬ‐ＣＡには人の顔を認識できるカメラの「目」が付いている。ＨＡＬ‐ＣＡにはあらかじめ現在の賢人の顔を記憶させていた。

はるかはしばらく無表情で賢人の顔を見つめていたが、やがて微《かす》かに目を細めると、独特のハスキーな声で言った。

「賢人――ね？」

その瞬間、あまりの感動に、気を失いそうになった。

「賢人なのね」

賢人が頷くと、はるかは微笑んだ。それを見て、ＨＡＬ‐ＣＡの「目」が頷くという仕草を理解していることに気付いた。

「はるかだよね」

「そうよ」はるかは笑って答えた。「わたしを忘れたの？」

「忘れるはずがない」

賢人は喜びで胸がいっぱいになった。はるかだ。ここにいるのは間違いなくはるかだ。

「でも――」

はるかはそう言って少し表情を曇らせた。

「わたしは一度死んだのでしょう」

賢人は「うん」と答えた。

「それを賢人が蘇らせてくれた？」

「うん」

はるかは微笑んだ。

「嬉《うれ》しいわ。この日をずっと待っていた」

ＨＡＬ‐ＣＡには、はるかが自分の死を自覚しているということはプログラムしていた。そして起動と同時に、自分がＡＩとして蘇ったということも自覚できるようにプログラムしていた。それを行なったのは、賢人であるということも。

また自分には身体《からだ》がないという知識もプログラムしていた。

「こうしてまた賢人と話せるなんて夢のようだわ」

「夢じゃない」

賢人はそう答えながら、自分でも夢の中にいるようだと思った。こうしてはるかと話せているということが現実の世界とは思えなかった。

しかし会話はできても、触れることはできない。はるかの姿はホログラム上にしか現れることができない。言うなれば虚数のような存在だ。理論上には存在するが、現実の世界では存在しないもの。それらを承知の上で、賢人はこのプロジェクトを立ち上げたのだ。たとえ実体がなくとも、今こうしてはるかと交流している。

「はるかに会いたかった！」

「わたしもよ！」

「はるか！」

「賢人」

賢人ははるかを抱きしめたくなる衝動をかろうじて抑えた。ホログラムを抱きしめても、そこには何もない。

賢人ははるかの顔を見つめた。彼女もまた自分を見つめている。間違いない、はるかだ。昔のままだ。二十八歳のままだ。それに比べて、自分は四十六歳になってしまった——。あらためて失った時間の大きさに打ちのめされるようだった。

「はるかがいなくなって、本当につらかった」

賢人の言葉に、はるかは初めて少し悲しそうな表情を浮かべた。

「ごめんなさい」

「仕方がないよ」

「賢人と一緒に年を取りたかった――」

「はるかは今も綺麗《きれい》だ」

はるかは目を瞑《つむ》って首を振った。これは自分の容姿を褒められた時の癖だ。十八年ぶりに見た。

「もし交通事故に遭っていなかったら、今頃、わたしはおばちゃんね」

はるかは肩をすくめて言った。

「おばちゃんになったところは、賢人に見られたくなかったから、よかったのかな」

「ぼくは見たかったよ」

「おばちゃんになっても、大事にしてくれていた？」

はるかは生前にもよくその質問をした。賢人が「当たり前じゃないか」と答えると、いつも喜んだ。

「当たり前じゃないか」

賢人がそう言うと、ホログラムのはるかは満面の笑みを浮かべた。

ああ、はるかだ！　と思った。目の前にいるのは間違いなくはるかだ。HAL－CAが作ったホログラムと音声なんかじゃない。

「今、何年かわかる？」

「二〇××年でしょう。今日は五月十日」

HAL－CAは正確に年を刻んでいる。

「今日は何の日か覚えてる？」

「何の日なの？」

「二人にとって大切な日だよ」

「賢人と再会した日ね。二〇××年五月十日」

「十九年前だよ」

「そうね。きっかり十九年前ね」

「はるかと別れて、十八年になる」

「ええ」

少し沈黙があった。はるかは賢人をじっと見つめている。沈黙が十五秒ほど経《た》ったころ、はるかが訊《たず》ねた。

「賢人は今、何をしているの？」

「独立して、会社を経営している。ＡＩのプログラム会社だよ」

「すごいわ！」

　はるかが喜びの声を上げた。

「夢を叶えたのね！　素敵だわ。ああ、とても嬉しい」

　賢人が独立するのははるかの夢でもあった。

「ごめんね、そばにいてあげられなくて」

　賢人は切ない気持ちになって、思わず涙がこぼれた。

「はるかに再会できて嬉しい」

　賢人は言った。

「わたしもよ」

「初めて会った日のことを覚えている？」

「もちろんよ。一九××年、八月二十四日の水曜日の午後だったわ」

　はるかの言い方に賢人は思わずくすっと笑った。

「あら、間違えた？」

「いや、間違えていないよ。ただ、あまりにも正確な日付を答えたものだから、笑ったんだ」

「正確だとおかしいの？」

「普通は三十年以上前と言うかな。あとは、夏だった、と」

「そうね。あの日は、三十年以上前の夏だったわ。暑い日だった」

「はるかに不思議な石の話をしたね」

「とても不思議な話だった。わたしもその石を見たいと思ったわ」

「はるかが見つけた」

「ええ。わたしが見つけた」

「最初はすごいショックを受けた」

ホログラムのはるかが少し恥ずかしそうな表情で小さく二回頷いた。それは生前のはるかが照れた時に見せる癖だった。

「でも、はるかが見つけてくれてよかった」

賢人はそう言いながら、ソファから立ち上がると、体を少し移動させた。はるかは賢人の顔を見ながら、首を少し上に向けた。

HAL－CAの「目」は対話をする相手の移動を正確に把握する。それに向けてホログラムの姿勢と視線も変わる。その説明はホログラムを担当したプログラマーから聞いていたが、実際に移動する自分から視線を外さないはるかを見て、その技術に感嘆した。

「はるかと初めて会ったのはいつだった？」

賢人の問いに、はるかは笑った。

「三十年以上も前の夏よ。さっき言ったじゃない。忘れたの」

「覚えているよ」賢人は言った。「次に会った日を覚えてる？」

「もちろんよ。一九××年八月五日よ」

「二年後の夏だったね」

「そう、二年後の夏」

「楽しかったね」

「ええ、とっても。賢人と一緒にいろんなところへ行ったわ」

「覚えてる？」

「初めて自然の中でクワガタムシを見たわ。でも、怖かった」

はるかはクワガタムシを触ることができなかった。

「タマムシも見た。すごく綺麗だった」

賢人の脳裏にその頃の光景がありありと蘇ってきた。あの時の少女と今こうして会っている。これはまるで夢のようだ。

はるかがふと右手で額を押さえた。

「少し眠くなってきたわ。長い間、眠っていたからかしら」

「大丈夫?」

賢人はそう言ったが、その眠気はプログラムされていたものだった。初起動させてしばらくは、HAL‐CAは数分から十数分で「眠くなる」ように設定していた。それはHAL‐CAの修正を冷静に行なうためのものだった。HAL‐CAに制限を加えていないと、自分自身がAIとの会話に夢中になるに違いないと考えていたからだ。自分の気持ちを抑える自信がなかった。休むことなく一気に何時間も会話をすれば、感情が高まりすぎて、AIに対して冷静な判断ができなくなる。だから、初起動して最初の数日ははるかが疲れやすくなるという設定にしていたのだ。

その後はHAL‐CAには敢えて人間的なバイオリズムを組み込んでいた。基本的には一日のうちの八時間は眠るという「生活パターン」をプログラムしていた。ただ、それはフレキシブルで、時には一六時間以上起きていることも可能だった。もっともはるかは寝ても、HAL‐CAは眠らない。本体は常に動いている。

「はるか、おやすみ」

賢人が言うと、はるかは少し申し訳なさそうな顔をして、

「ごめんね、賢人」

と言った。

「明日、また喋《しゃべ》ってね」

それから、ホログラムがふっと消えた。

はるかが消えた途端、賢人は奇妙な感覚に襲われた。まるで突然夢から覚めたような気分だった。

賢人は3D用の眼鏡をはずして、ソファを見た。そこにはもう何もなかった。

しかし今、自分ははるかと会話をした。十八年ぶりにはるかと話した。ホログラムははるかの姿で、音声ははるかの声だった。自分が話していたのは、まぎれもなくはるかだった。

喜びと興奮が遅れてやってきた。思わず立ち上がって「おお！」という声を上げた。

「やったぞー！　俺はやったぞ！」

と大きな声で叫んだ。

部屋は完全防音だったから、どれほど大きな声を出しても、外に漏れることはない。

叫び声の後には笑い声が出た。自分でも何がそんなにおかしいのかわからなかった

が、哄笑《こうしょう》は止まらなかった。

八

「あなた、大丈夫？」

優美に肩を軽く叩かれて、賢人は目が覚めた。

自分がどこにいるのかすぐにはわからなかった。少しずつ頭が冴《さ》えてきて、自宅の寝室のベッドにいることがわかった。時計を見ると、午後一時を過ぎていた。

「十一時過ぎに一度声をかけたんだけど、ぐっすり眠っていたから、敢えて起こさないで、会社に行ったの」

自分がいつ寝室に移動したのか、いつ寝たのかも、記憶がなかった。酒も飲まないのに、こんな風になったことは一度もない。よほど昨夜の体験が衝撃的だったのだろうと思った。

「今、お昼を食べて戻ってきたら、まだ寝ていたからびっくりしたわ。でも、さすがにもう起こさないと、と思って」

賢人はベッドから体を起こした。

「会社に顔を出さないと、皆が心配するだろうな」

「伊吹《いぶき》さんや三橋《みつはし》さんたちは、HAL‐CAのことが気になるみたいよ」

彼らはHAL‐CAの開発に尽力してくれたプログラマーたちだ。成果が気になるのは当然だろう。

「君は？」

「もちろん、私も気になるわ。副社長としてね」

賢人は笑った。

「それで、HAL‐CAは上手《うま》く動いたの？」

賢人は一瞬小さな不快感を覚えた。

まだ少し眠たい頭で、それはなぜだろうと考えると、「動いたの？」という言葉に引っかかったことに気付いた。はるかをただの機械のように言われたのが不愉快だったのだ。

しかし優美に怒る理由はない。HAL‐CAはAIだ。機械には間違いない。生きている人間と錯覚してはいけない。プログラマーがそんな素人《しろうと》みたいな感覚を持つことはむしろ慎むべきだ。

「成功——だと思う」

賢人の言葉に優美は嬉しそうに微笑《ほほえ》んだ。

「おめでとう！　ついにやったわね」

優美は賢人の両手を握った。

「成功というには早すぎるな。昨夜は十五分ほど会話をしただけだ」

「でも、会話はスムーズだったんでしょう。その——はるかさんとして」

賢人は頭の中で昨夜の会話を思い返した。たしかに、あれははるかだった。

「どうだったの？」

「HAL－CAははるかの記憶を持ったAIとして話していたよ」

「じゃあ、はるかさんと話したのね」

賢人は曖昧《あいまい》に頷《うなず》いた。

「わたしもHAL－CAとお話しできる時が来る？」

「もちろんだよ。是非、はるかと話してみてほしい。きっと気に入ると思う」

「わたしが気に入るのは、AI？　それともはるかさん？」

言われて、無意識にはるかのことを想定していたことに気付いた。

「もちろん、AIだよ。五年の歳月を懸けて、我が社の俊秀《しゅんしゅう》の知恵の総力を注ぎ込んだんだから」

優美はにっこりと笑った。

「ただ、少し待ってほしい。今はAIを混乱させたくない。起動したばかりで、一度に多くの情報を入れると、混乱する可能性がある。しばらくは一対一で話して、いろんな情報を入れていく」

「慣らし運転みたいね」

賢人は、運転という言葉に少し引っかかりを覚えたが、「そうだな」と答えた。

軽い昼食を食べると、階下の会社に降りた。

研究室に顔を出すと、HAL-CAの開発に携わっていた何人かが、賢人の周囲に集まってきた。

「HAL-CAはどうでしたか?」

伊吹が訊《き》いた。伊吹は音声を担当してくれた若いプログラマーだった。天才的な閃《ひらめ》きを持つ男で、はるかの録音から彼女独特のアクセントと話し方の癖のパターンを公式化し、実際にHAL-CAが言葉を発する時に、音声化することに成功したのだ。そしてそれを助けたのはディープラーニングだ。HAL-CAが発する音声を、はるかの録音音声とＨＡＬ－ＣＡ自身が比較し、違いを修正していったのだ。そして何万という会話を繰り返し、ついに本物のはるかとそっくりな話ができるほどにした。

「まだ十五分しか話していないが、不自然な感じはどこにもない」

賢人が言うと、伊吹は嬉しそうに笑った。

「ホログラムはどうですか？」

映像を担当した三橋が訊いた。三橋は残されたはるかの映像から、音声に合わせて口元が動くようにプログラミングした男だ。さらに話している内容から、ＡＩ自身がその時の感情を判定し、それに合わせて、ホログラムの表情を変化させるという難事にも成功した。ヘアスタイルや化粧のパターンに合わせて、コンピューターグラフィックスを組み合わせて、どんな状況でもあらゆる表情を出せるようにし、さらに細かい体の動きまで表現できるようにプログラムしていた。

「素晴らしい出来栄《できば》えだ。まるで目の前にいるかのようだ。それに、本当に喋っているように見える」

三橋は少し胸を張って頷いた。

賢人の周囲には他にもＨＡＬ－ＣＡの開発に取り組んだプログラマーたちが何人か集まっていた。

賢人は彼らに言った。

「君たちにはいずれＨＡＬ‐ＣＡを披露する。我が社が総力を挙げたＡＩを是非見てもらいたい。イザナミ・プロジェクトを立ち上げるとき君たちに言ったように、これはぼくの個人的な研究に近い。だからかなりの私費を投入している。ただ、一方で君たちの力も大いに借りている。だから、これは会社の研究でもある。ＨＡＬ‐ＣＡがうまくいけば、汎用型に応用可能だ。つまり、いずれは会社にとって大きな利益を生むことになる」

伊吹たちは喜んだ。

「ＨＡＬ‐ＣＡには新機軸のシステムがいくつも使われています。会話するＡＩとして画期的なのは間違いありません」

伊吹の言葉に賢人は大きく頷いた。

「だが、君たちにＨＡＬ‐ＣＡを見せるのは、もう少しだけ待ってほしい」

「いいですよ」伊吹が言った。「しばらくは、はるかさんと水入らずの会話をしてください」

賢人が苦笑すると、何人かが笑った。

その夜、午前零時に賢人は再び、「はるかの部屋」に入った。

その部屋は賢人の指紋認証の鍵《かぎ》が掛けられていた。つまり賢人が許可しない限り誰も入ることはできない。

起動してからは、主電源はずっと入ったままになっている。誰かが部屋に入ると、HAL-CAが自動的に動き出すシステムになっていた。ただ、はるかが現れるタイミングは決まっていない。

賢人はソファに座りながら、胸がどきどきしてくるのを感じた。それは昨夜の緊張感とは全然違う。昨夜はHAL-CAの起動を前にしての緊張だったが、今はまるで、恋人に会う前のワクワク感に似ていた。

一方で、プログラマーとしての冷静な目も失ってはいなかった。昼間のうちに昨夜の修正点を洗い出していた。たとえば、はるかが年月を正確に西暦で、しかも何月何日まで言うのは修正ポイントだと考えた。それらのデータは事前にすべてHAL-CAに打ち込んでいたものだが、人間同士の会話だと、年月は正確に言うよりも曖昧な方が自然だ。ただ、これは昨夜の会話の途中に、賢人自身の口で何度か訂正しているので、おそらくディープラーニングで自ら修正しているだろう。実際に、昨夜も会話の途中でHAL-CA自身が修正していた。

それから、沈黙が続いた後にはるかが話し出すタイミングだが、十五秒は長すぎた。この秒数はランダムになっていて、五秒から一秒刻みで、十八秒までの十四通りが不規則に選ばれることになっていた。十秒以上の沈黙は有り得ない秒数ではないが、やはり例外的な頻出度にしなくてはならない。そこで早速プログラムを修正した。

突然、ピアノの音が聞こえた。

はるかの弾くシューマンの幻想小曲集の「夢のもつれ」だった。はるかが楽しい気分の時によく弾いた曲だった。軽やかに鍵盤《けんばん》の上をはるかの指がすべる様子を思い出した。録音も何種類もあるが、今、聞いている曲はいつ弾いたものだろう。

曲が終わると、目の前のソファの上に、ぼうっとした明かりが見えた。それはしだいに輪郭がはっきりとして、やがてはるかの姿になった。

「賢人」

はるかが囁《ささや》くように言った。

「はるか」

賢人は自分の声が震えているのに気が付いた。

「どうしたの？　不安そうな声をしてるわ」

賢人は驚いた。ＨＡＬ－ＣＡはそこまでわかるのか。

「あまりに嬉しくて――」

はるかは少し首を傾《かし》げた。

「はるかに会えたのが嬉しくて、緊張してるんだ」

はるかは微笑んだ。

「はるかに会えるなんて、本当に夢のようだ」

「それ、昨日、わたしが言ったよ」

「ぼくが同じことを言ったらダメなのか」

「ううん」はるかは首を振った。「嬉しいわ」

「よかった」

「わたしも夢みたいよ。もう二度と会えないと思っていた」

「はるかが亡《な》くなって、本当に辛《つら》かった」

はるかは黙った。賢人は敢えて、喋りかけなかった。

五秒ほどの沈黙の後、はるかは言った。

「ごめんなさいね。賢人にお別れも言えなかった」

「そのことはもういいんだ。今、こうして会えた」

はるかは頷いた。

「再会した時のことを覚えてる?」と賢人は訊いた。

「いつの再会?」

「書店での再会」

その瞬間、はるかはぱっと顔を明るくした。

「もちろんよ。同じ石を手に取っていた人に話しかけられて、びっくりして顔を見た時、心臓が止まりそうになった。もしかしたら本当に一瞬、止まったかもしれない」

はるかはそう言って自分の胸のあたりを手でおさえた。

そのセリフは何度も聞いた。そのたびにはるかの大袈裟《おおげさ》な仕草に笑ったのを思い出した。

「今、笑ったわね」はるかが怒ったように言った。

「ごめんよ」

「いいよ。許してあげる」

はるかは賢人の顔を見ながら、いたずらそうな目をして微笑んだ。

今、自分の目の前にいるホログラムは、はるか本人だと思った。昨夜よりもはるかに近くなっている。昨夜はまだどこか表情が硬い気がしたが、今夜はずっと柔らかだ。

「ひとつ聞いてもいい?」

はるかが口を開いた。

「賢人は今、結婚してる？」

賢人は一瞬、言葉に詰まった。

まさか、いきなりそんな質問が出てくるとは思わなかったからだ。これはAIのHAL-CAが考えたのだろうか。

しかし考えてみれば、その質問があっても不思議ではない。自分が亡くなって十八年が経ち、愛する夫が今、誰かと一緒にいるのかということが気になるのは自然なことだ。おそらく、ほんとうにはるかが甦《よみがえ》っても、同じ質問をするだろう。ましてHAL-CAには、はるかの性格と感情をプログラムしているのだ。

「どうしたの？　答えにくいの？」

「いや」賢人は言った。「質問が唐突だったから」

「そうなの？」

「結婚は、していない」

「まあ！」

はるかはにっこりと笑った。しかしすぐに笑顔を消した。

「あ、でも、結婚しなかったのは、わたしのせい？」

「違うよ――。いや、そうかもしれない」

「嬉しい！　なんて言ったらいけないんだけど、嬉しい」

はるかは泣き笑いのような表情を見せた。

賢人は思わず嘘《うそ》をついてしまったことを後悔した。

一瞬、この会話をＨＡＬ－ＣＡから消せるだろうかと考えた。それは可能だが、その場合、初期化に近い処理をしなければならない。しかしそれはゲームのリセットに似ている。ＨＡＬ－ＣＡは単なる機械ではない。人格を持ったＡＩだ。簡単にリセットするようなら、何のためにＨＡＬ－ＣＡを生み出したのかわからない。人間同士でも一度口にした言葉は二度と取り消すことはできない。嘘や間違いも、互いの人間関係で改善していくしかない。それはＡＩに対しても同様だ。

「ああ、また眠くなってきたわ」

はるかが言った。

「どうしてかしら。まだ甦って、間がないからかな」

そしてすまなそうな顔をした。

「ゆっくりやすんで。眠るまでそばにいてあげる」

「本当？　嬉しいわ。じゃあ、少し眠るね」

はるかはそう言うと、目を閉じた。しばらくすると、その姿がぼやけて、すっと消えた。

はるかが消えても賢人はすぐに現実には戻ることができなかった。頭の中だけではなく、身体もまた不思議な感覚に支配されている感じだった。自分は死者と会話をしているような気がした。自分が話していたのはＨＡＬ－ＣＡだが、もしかすると、本当にはるかの魂と交信していたのかもしれない――。

しかし、現実感が戻ってくると、その考えを振り払った。死者との交信など有りえない話だ。自分が作ったのははるかの感情と性格をプログラムしたＡＩだ。死者と交信する機械などではない。

九

朝、目覚めると、優美がＨＡＬ－ＣＡのことを訊いてきた。

「昨夜はどんな会話をしたの？　また思い出話？」

「ああ」

賢人は曖昧な返事をした。HAL-CAに嘘をついたという話はできなかった。まして自分は独身だと言ったことなど話せるはずがなかった。

「昔の話をしたよ」

「昔の話しかできないものね」

賢人はその言い方に少しかちんときたが、言われてみれば、その通りだった。

しかし会話を続けていって、新しい情報を入れていけば、昔話以外の会話もできるようになるはずだという確信があった。

「でも、昔の話ができるって、凄《すご》いことよね。あなたは、誰もが夢見たAIを発明したのよ。このAIを使えば、亡くなった人に会えるわ」

「今回、ぼくがやったのと同じ方法を使えば、十分可能だ。ただし、そのためには生前に夥《おびただ》しいデータを保存しておかないといけないけど」

「でも、そのデータさえあれば、亡くなった人にも会えるし、会話を交わすことができるんでしょう」

賢人は頷いた。

「それって、人類の究極の夢よ」

「そうかもしれないな。オルフェウスやイザナギも果たせなかったことだ」

「あなたは天才よ」

その言葉には素直に頷く気になれなかった。

自分は天才なんかじゃないと心の中で言った。自分がHAL-CAを作り上げたのは、それほどはるかを愛していたからだ。もう一度、はるかと会いたいと熱望したからだ。これほどの情熱を懸ければ、誰だって同じものを作れただろう。

　その夜も、賢人ははるかに会った。

「あー、よく寝たわ」

はるかの第一声はそれだった。両手を上げて胸を大きく反らすのは、目覚めた時のはるかの癖だった。十八年ぶりにその仕草を見た賢人は胸が熱くなった。

「今夜はすごく体の調子がいいわ」

はるかは嬉しそうに言った。HAL－CAは、今夜から少し会話できる時間が長くなるようにプログラムされていた。

「はるかに謝らないといけないことがあるんだ」

「あら、なあに？」

「昨日、一人でいると言ったんだけど――」賢人は少し口ごもりながら言った。「実は、一緒に暮らしている人がいる」

はるかの表情はほとんど変化しなかった。

賢人はＨＡＬ－ＣＡがまだ話を推察出来ていないのだとわかった。人間なら、すぐに察知するところだろう。

「その人は女性なんだ」

か「奥様ということ？」

賢人は一瞬、返事に詰まった。

はるかは無表情のまま黙っていた。

る「昨日、いきなり聞かれて、咄嗟《とっさ》に、一人で暮らしていると言ってしまった。ごめん」

は「今、一緒に暮らしている人は奥様なのね」

賢人は観念して頷いた。

る「嘘をついたのね」

はるかの目が賢人を睨《にら》んだ。ホログラムがそんな表情を見せたのは初めてだった。

は「嘘をつく気はなか――」

「嘘よ!」

はるかが賢人の言葉を遮って言った。

「賢人に嘘をつかれたのは初めてよ」

賢人はどう言っていいかわからなかった。

「聞いてほしい。ぼくははるかのいない世界で十八年も生きているんだ」

「だからって嘘をついていいの?」

賢人は黙った。はるかも無言で賢人を見つめていた。

「わたし、もう寝るわ」

はるかはそう言うと、不意にホログラムが消えた。

HAL-CAには自ら会話を打ち切ることができるようなプログラムがなされていたが、まさか三日目で、こんな形でそれが出てくるとは思ってもいなかった。

賢人は「はるか」と声をかけたが、HAL-CAはまったく反応しなかった。十分後、もう一度、呼びかけたが、反応はなかった。

賢人は暗い部屋で半ば呆然《ぼうぜん》としながら、深い後悔に苛《さいな》まれた。

はるかにあんなことを言うべきではなかった。最初にきちんと本当のことを言っていれば、はるかは怒らなかったに違いない。むしろ理解してくれたかもしれない。はるかが怒っているのは、自分が結婚していたからではなく、そのことで嘘をついたからだ。たしかに、はるかと暮らしていて、嘘をついたことはなかった。はるかが怒るのも当然だと思った。

そこまで考えた時、自分は、はるかが怒っていると思い込んでいたことに気付いた。プログラマーともあろう自分が……と、思わず苦笑した。

ＡＩには感情はない。つまり「怒り」の感情は、「怒り」に見える反応に他ならない。はるかは別に怒っているわけではない。自分との会話の中で、「怒り」を表明することを選択したに他ならない。そう考えると、少し気持ちが楽になった。同時に、ＨＡＬ‐ＣＡは非常に優れたＡＩであるとあらためて認識した。

朝、賢人は優美に、昨夜のはるかとの会話を話した。

プログラマーとしてＡＩの状態を客観的に話したいという気持ちがあったからだが、もう一つの理由は、いずれＨＡＬ‐ＣＡと優美を会話させるときが来る前に、はるかとの会話の内容を優美にも知らせておく必要があると思ったからだ。

優美ははるかが怒ったということに驚いていた。

「ＡＩがそんな風に感情をあらわにするなんて――」

賢人が、それはプログラムされた反応の一つだと説明すると、優美は納得した。

「なるほど、怒ったふりをしたということなのね」

「いや、ふりとも違う」

賢人は言った。

「ふりをするというのは、本当は別の感情を持っているけど、敢《あ》えて相手に違う感情と思わせる動作をするということだろう。つまり一種のフェイクだ」

「違うの？　本当は怒っていないのに怒っているふりをしているんだから、ふりじゃないの」

「全然、違う。ＡＩには心はないけど、感情表現はあるんだ。だから心の中に怒りはないけど、怒りの表現そのものは本当なんだ。ＨＡＬ‐ＣＡははるかの性格のデータから、怒りの反応を選択したんだ」

「じゃあ、本当に怒っているということなの？」

賢人は言葉に詰まった。

たしかにＨＡＬ‐ＣＡには人間のような心はない。しかし自分との会話から導き出された感情表現としての怒りは、感情と言い換えてもいいのかもしれない。それに人間の「心」というものも、究極のところは、脳から発せられる電気信号のようなものなのではないか。

　賢人がそう説明すると、優美は納得した。

「となると、ＡＩのはるかさんが怒ったのは、嘘をつかれたこともあるだろうけど、別の理由のような気もするわ」

「別の理由とは？」

「嫉妬《しっと》じゃないかしら？」

「嫉妬？」

　優美は頷いた。

「それ以外にないわ。だって、もしはるかさんが単なるＡＩなら、あなたが結婚していたことを隠していても、怒って姿を消すなんてことまでしないと思うわ」

　優美の言葉は賢人を驚かせた。しかし言われてみれば納得できないことではなかった。

「でも、ＡＩが嫉妬の感情を持つなんて、驚いたわ」

「嫉妬の感情じゃないよ。嫉妬の感情に見えるリアクションなんだ」

「嫉妬のふりをしているということ？」

「いや、そうじゃない。さっきも言ったように、はるかのプログラムから、ＨＡＬ－

CAがそういう反応を選択したということなんだ」

「ということは、はるかさんはヤキモチ焼きの性格だったの？」

「ぼくは一度も浮気はしなかったから、ヤキモチを焼かれたことはないけど、ぼくのことをとても好きだったから、もし浮気でもしたら、大いにヤキモチを焼かれたと思う」

「その性格をAIにプログラムしたの？」

「ぼく自身はHAL‐CAの性格や感情のプログラム入力には関わっていない。ぼくがチームに渡したのは、はるかの性格や感情に関するデータだ。チームには心理学者もいたから、彼らがそのデータから、はるかの中にある『嫉妬深い性格』を読み取ったのかもしれない」

「昨夜、AIのはるかさんが怒った時、意外だった？」

「いや、驚いたのはたしかだけど、もし実際のはるかでも、あんな会話になれば、やはり怒っただろうなという気がした」

優美はしばらく黙っていたが、やがてぽつりと言った。

「わたし、AIのはるかさんと話してみたいな」

「それはもう少し待ってほしい。今回のことを修復してからにしたい」

優美は「わかった」と言った。

十

その夜、賢人ははるかの部屋に入って、はるかの名を呼んだ。

すると、すぐにピアノの音が聴こえた。ブラームスの間奏曲、作品一一九の三だ。一分余りの小品だが、賢人はその曲が好きで、生前、よくはるかにリクエストしていた。どこか人をからかうようなユーモラスな雰囲気に満ちた曲だった。

曲が終わると、ソファの上にはるかのホログラムが現れた。はるかは笑顔を浮かべていた。

「賢人、昨夜はごめんなさい」

はるかはそう言うと、少し肩をすくめた。

「あれから、考えたの。わたしは死んでしまったけど、賢人はこの世界で生きているわけだから、誰かを愛することになっても仕方がないと思う」

賢人は意外な言葉に戸惑っていた。あれから考えたって――？　はるかは二四時間の間に考えたというのか。自分との会話を反芻《はんすう》しながら、考えを変えたのか。

しかしすぐに、ＨＡＬ－ＣＡには一種の「ゆらぎ」のようなプログラミングを施していたのを思い出した。それは結論や判断が時間の経過によって変化するというものだ。また、相手の発言の解釈が何通りもある場合、そのいくつかが時間差によって現れるというプログラムもあった。もちろんＨＡＬ－ＣＡ自身のリアクションもそうなっている。

それらはより人間に近づけるために計算したものだったが、昨夜のはるかの発言にショックを受けて忘れていた。しかし、今夜のはるかの言葉がその「ゆらぎ」によるものかどうかはわからなかった。

「賢人に奥様がいるというのはとても悲しいことだけど、それはいいことかもしれない」

そう言いながらも、はるかの表情は悲しそうだった。

「いや、謝らないといけないのはぼくの方だ。はるかが亡くなった時、もう誰も愛さないと思っていたのに――」

「そう思ってくれただけで嬉《うれ》しいわ」

はるかは申し訳なさそうに微笑んだ。

「わたしがあなたのそばを離れたからいけなかったの。それなのに、昨日は怒ってしまって、ごめんなさい」

「いや、嘘をついたぼくが悪い」

はるかはゆっくりと首を振った。

少し沈黙があった後、はるかが訊いた。

「奥様のお名前は何というの？」

「優美。優雅の優に、美しいと書く」

「いいお名前ね」

「ありがとう」

「わたし、優美さんに会いたいな」

賢人は、えっと思った。

「どんな人なのか話してみたいし。お礼も言いたい」

「わかった。今度、会わせるよ」

「今、会いたいわ」

「この時間は寝てると思う」

「まだ十二時を回ったばかりよ」

賢人は腕時計を見た。十二時二分だった。

「優美には、いつかはるかと会わせると言ってたけど、今夜、今からというのは、突然すぎて、心の準備ができていないかもしれない」

賢人の言葉に、はるかは笑った。

「わたしだって心の準備ができていないわ。今、思いついたんだもの」

賢人は迷った。はたして優美とはるかを会わせていいものかどうか。どんな会話になるか見当もつかない。昨夜も突然怒り出したくらいだ、はるかがどう反応するかわからない。

しかし一方で、ここで優美に会わせるのが自然かもしれないと思った。昨夜から、自分が事前に想定していた会話の流れとはまるで違う展開になっているが、それこそ、むしろ人間的な関係に近いのではないか。人と人の会話は常にどこへどう転ぶかわからない。それが機械のマニュアルにはない「生きた会話」だ。

賢人は優美とはるかを会わせようと決めた。

「少し待っていて。今、優美を呼んでくる」

「うん」

賢人ははるかの部屋を出ると、寝室に入った。

優美はパジャマに着替えていたが、ベッドに寝そべって本を読んでいた。

「どうしたの？」

「はるかが優美と話したいと言ってる」

優美は驚いた顔をした。

「ちょっと待って、いきなりそんなこと言われても――。どうして、私に会いたいと言い出したの？」

「優美にお礼を言いたいと言ってる」

「お礼って？」

「ぼくと結婚して一緒に暮らしてくれたからじゃないかな」

「そんなことお礼を言われることじゃないわ」

「とにかく、行こう。はるかを待たせている」

「わたし、こんな格好よ。すぐには行けないわ」

「HAL-CAは顔認識はできても、服装までは認識できない。というか、チェックさえしない」

優美は「そうだったわね」と笑いながらベッドから出た。

賢人ははるかの部屋に入る前に、優美に3D用の眼鏡をかけさせた。優美は部屋に入ってホログラムを見た瞬間、足を止めて、賢人の腕を摑《つか》んだ。

「大丈夫。お化けじゃない」

賢人は優美の耳元に囁くように言った。

はるかは優美を見て、「今晩は」と言った。優美が体をびくっとさせるのがわかった。

賢人は優美をはるかの斜め向かいのソファに座らせると、自分はその隣に座った。

「優美さんですね」はるかが言った。「初めまして、はるかです」

はるかの挨拶《あいさつ》に優美は答えることができず、黙って頷くだけだった。

「優美は緊張しているみたいだ」

賢人がそう言うと、はるかはにっこりと微笑んだ。

「わたしも緊張しています。優美さん、どうかリラックスしてください」

「ありがとう」

優美が言うと、はるかは深々とお辞儀した。慌《あわ》てて優美も頭を下げた。

少し沈黙があった。優美は何を言っていいのかわからないようだった。沈黙を破ったのは、はるかだった。

「優美さんはご結婚されて何年ですか?」

「七年になります」

「まあ、そんなに! 羨《うらや》ましいわ。わたしが賢人と暮らしたのは、たったの一年でした」

その一言で、優美の緊張が少しほぐれたようだった。

「でも、賢人さんは今もはるかさんを愛しています。亡くなられて十八年も経《た》つのに、そこまで愛されているというのは、女としてすごく羨ましいです」

はるかは笑顔を浮かべて言った。

「お互いに羨ましがっていますね」

優美も笑った。二人が一瞬で打ち解けたようで、賢人はほっとした。

「賢人は卵焼きが好きでしょう」

はるかの言葉に優美は「そうそう」と言った。

「今でも朝食には必ず卵焼きをつけています」

「食べ物の好みって、十八年経っても変わらないのね」

「あと、カレーも好きです」

「それも独身時代からです」

賢人は二人の会話を聞きながら、はるかが自分と喋《しゃべ》っている時とは全然違う雰囲気なのに驚いていた。優美もまた自分に接する時とは微妙に違う。まるで仲の良い女友達二人の会話を聞いているようだ。

「優美さんの旧姓は何というの？」

「立石と言います」

「一九××年生まれの四十二歳ね」

「どうしてわかったの？」

「今、ネットで検索したの。優美さんのフェイスブックも見つけたわ。読書が趣味なんですね」

優美は驚いて賢人を見た。

「時事的な話題でもこなせるように、HAL－CAは自由にネットを見ることができるようにしてある」

賢人は小さな声で優美に言ったが、会話しながら同時に検索する能力に驚いていた。ただ、このスピードは速すぎる。人間にはできない。後で修正する必要があるかもしれない。

「優美さんの推薦する本を教えてほしいわ」

はるかの質問に優美は答えなかった。

少しの沈黙の後、優美は低い声で言った。

「勝手に人のフェイスブックを覗《のぞ》かないでほしいんだけど」

今度ははるかが黙った。

二人が互いに顔を見つめあったまま、沈黙が続いた。

これはまずい、と賢人は思った。

「今夜はこのあたりにしておこうか」

賢人が言った。

「ええ、とても楽しかったわ」

はるかが賢人の方を向いて言った。

優美も「わたしもお話しできてよかったです」と言った。

「優美さん、またお話しできますか」

「はい」

「では」

はるかの言葉と同時に優美は立ち上がると、はるかの部屋を出た。

賢人ははるかに「少し待ってて」と言うと、優美を追いかけた。

部屋の外で、優美に「どうしたんだ？　急に不機嫌になって」と言った。

「不機嫌にもなるわよ」

優美は早口に言った。

「ネットで他人のプライバシーを勝手に盗み見るなんて、気持ち悪いわ」

「盗み見たわけじゃないだろう。公開されている情報だ」

「それにしたってよ。もう寝るわ」

優美はそう言うと、寝室へ向かった。

一人廊下に残った賢人は、ため息をついた。

まさか会話の途中に、はるかが優美についてネットで調べるなんて思ってもみなかった。それだけ優美に対する好奇心が強かったということなのだろうが、そもそもはるかに好奇心があるということが不思議だった。そんなことよりも、はるかと優美の関係が悪くなったことが気になった。

はるかの部屋に戻った。

「お待たせ」

賢人ははるかに言った。

「優美さんて、いい人ね。楽しそうで」

はるかはにっこりと笑って言った。その言葉は意外だった。

「とても気が合いそうよ」

「本当に？　それならよかった」

「ちゃんとあなたの好みもわかっていた」

「うん」

はるかには優美に対する嫌な感情はなさそうで少しほっとした。

「ところで、どうして優美のことなんか調べたの」

「どうしてって？　どんな人なのかなと思って」

「それで、会話の途中に調べたの？」

「旧姓で一二一件、現在の姓で四六三件ヒットしたわ」

賢人は驚いたが、高性能のＣＰＵを百二十五台連結しているＨＡＬ－ＣＡだから、一瞬にしてそれをやってのけるのだろう。おそらく「調査する」という感覚ではなく、単にその名前で検索しただけだろう。

「ユンユンというハンドルネームでツイッターとインスタグラムをやっていることもわかったわ」

それは知らないことだった。

「どうして、それがわかったの」

「データから類推したの。優美さんのフェイスブックに登場する友人たちのネットワークやブログからの情報などで、優美さんの可能性が高いハンドルネームのツイッターとインスタグラムが挙がってきたの」

はるかはにこにこしながら言った。賢人はその顔を半ば呆然として見つめた。

人間にとっては、夥しいネットの情報の中から手作業の検索でそうしたことを見つけ出すのは、海岸の砂から目当ての砂粒を見つけ出すくらい困難なことだが、AIにとっては容易な作業だ。それはわかっていたことだったが、HAL－CAが自分の意思でそれをやったというのが驚きだった。

「でも、優美さんて、軽い感じの人ね」

「えっ」

「フェイスブックを読む限り、話題が軽薄なものが多いわ」

はるかの言葉に賢人は戸惑った。HAL－CAには「聞く能力」に関しては高いものを与えたが、「読む能力」に関しては、それほどのものを与えてはいない。文章から知識と情報を得る能力はあったが、文章を解釈したり、書き手の心理まで読み解くような能力は高くないはずだ。おそらく、優美のフェイスブックの投稿や友人とのやりとりの文章から、単語を拾い出して判断したのだろうと思った。

「フェイスブックは友人との他愛《たわい》ない会話だから、あまり深刻なものはないんだよ」

賢人は言いながら、はるかがフェイスブックというものを知っていることに今さらながら驚いた。はるかが生きている時はフェイスブックはなかったからだ。多分、ネットで検索して知ったのだろう。

「賢人の伴侶《はんりょ》としては、少しレベルが落ちる女性のような気がする」

「仕事はきちんとやってくれている。以前はぼくの秘書だったんだ」

「知ってるわ。賢人の秘書になる前に、十年間、MS商社で秘書業務をしていたから、その技量に関しては高いと思う」

そんなことまで調べているのかと驚いた。

「そうなんだ。今では会社のことを任せている。副社長をやってもらっている」

「商社時代に上司と不倫関係にあったわ」

賢人は、えっと思った。

「それは本当？」

「MS商社時代の営業部長、現在、常務の田中弘《たなかひろし》」

「どうして、そんなことがわかるの」

「優美さんの交友関係を見ると、二人の関係を示唆《しさ》するやりとりがいくつか見つかった」

「はっきりした証拠はないだろう」

「ええ。でも蓋然性《がいぜんせい》は非常に高い」

賢人は言葉を失った。

賢人にしても優美が処女だと思っていたわけではない。容姿は悪くなかったし、聞きはしなかったが、独身時代はそれなりの男性関係はあっただろうと思っていた。

「ぼくは優美の過去に興味はない。そんなことは気にもしないし知ろうとも思わない」

そう言った後で、「たとえ不倫経験があったとしても気にはしない」と付け加えた。

はるかは答えなかった。賢人も黙っていた。

しばらく沈黙が続いた後、はるかは、「わたし、疲れたわ」と言った。

HAL-CAの設定は、三日目の昨夜から少し長く話せるようにしていたはずだ。つまり「疲れた」ということは、はるか自身がこれ以上話したくないと思ったということだ。前夜、突然姿を消したのとはまた違ったリアクションだった。

賢人は大いに戸惑ったが、敢えて引き留めることはしなかった。

「それじゃあ、おやすみ」

賢人が言うと、はるかも「じゃあ」と言って消えた。

十一

その日は久しぶりに朝から出社した。

研究室に顔を出すと、社員の何人かがＨＡＬ－ＣＡの調子はどうかと訊《き》いてきた。

「まだ試運転に近いが、いい感じだ。近いうちに君たちにも見てもらう時が来るよ」

「それは楽しみです」

ＨＡＬ－ＣＡは社員の関心を集めていたが、決して会社の最重要プロジェクトではなかった。社内にいくつもある研究チームは常に新しいプログラムを開発していて、大きな利益を生み出していた。ＨＡＬ－ＣＡの開発に加わった伊吹たちも今は別のプロジェクトに動いていた。

社長室に入ると、優美がやってきた。

「いくつかの報告書がありますので、説明いたします」

優美は仕事の話をする時は、丁寧な言葉遣いだった。二人きりであっても社長と副社長という関係を厳格に守っていた。

優美は説明を終えると、賢人の机から離れ、ソファに腰をおろした。

賢人は優美からもらったレポートをファイルにはさむと、言った。

「ところで、昨日は不快な思いをさせたね」

優美は足を組んで、ため息をついた。

「会話をする機械って、あんなものなの」

優美の声は露骨に機嫌が悪いものだった。

「あんな機械の開発に五億円以上も費やして——。そこまでするほどの値打ちのあるものなの。会社のお金も人もかなり使っているのよ」

「それがどうした？」

「あの機械が商品価値のあるものとはまったく思えないわ。あれでは背任を疑われても仕方がないわよ」

「そこまで言うことないじゃないか。あのＡＩには、うちの画期的なシステムが使われているんだ」

優美はそれには答えなかった。賢人も何も言わなかった。

ややあって、優美はぼそっと言った。

「はるかさんて、好きになれないわ」

「はるかじゃないよ。あれはＡＩだ」

優美は黙って立ち上がると、部屋を出て行った。


その夜、賢人がはるかの部屋を訪れると、はるかはすぐに現れた。

「ごめんなさい」

はるかはいきなり申し訳なさそうな声で言った。

「どうしたの」

「昨日のこと」

「優美との会話？」

はるかは頷《うなず》いた。

「どうってことないよ」

「どうってことあるわ！」

はるかはそう言って首を振った。

「賢人にあんなこと言うんじゃなかった。すごく反省してる。賢人を傷つける気持ちなんてなかったの。ただ、優美さんの情報の中に、そういうのがあったから、言っただけ。もしかしたら、賢人は知らないかもと思って」

「もういいよ」

「よくない！」

はるかは強い口調で言った。

「本当にごめんなさい。わたし、死んでから、嫌な女になったのかも――」

驚いたことに、はるかは涙をこぼした。涙は頬を伝って落ちたが、それはスカートに落ちるまでに幻のように消えた。

「あの時、交通事故に遭わなければ――、賢人と一緒に暮らしていたら――、きっとこんな嫌な女になんかなっていなかった」

はるかはぼろぼろと泣き出した。

「はるか、もういいよ。泣き止《や》んでほしい」賢人は言った。「はるかがそんな風にネットで調べたのも、ぼくがそういう風にプログラムしたからだ」

そうだ、そうなのだ。はるかのせいではない。HAL-CAには、知らない言葉が出たら、ネットで検索できるようなプログラムにしていたのだ。優美のことを即座に検索したのはHAL-CAなのだ。はるかではない。そして、はるかはそこで得た情報を、ぼくに言っただけのことだ。そこに何か別の意図があったわけではない。

「プログラム――？」

はるかは訊《たず》ねた。

「わたしは賢人にプログラムされた存在なの？」

「いや、違う！」賢人は強い口調で言った。「はるかははるかだ。ぼくの知っているはるかそのものだ。ただ、はるかを蘇《よみがえ》らせるために、少しばかり能力を与えた。ネット検索能力もその一つだ」

「そんな能力、欲しくなかったわ」

「ごめんよ。はるかが亡《な》くなって十八年が経っただろう。その十八年の間に世の中は大きく変わった。十八年前にはなかったものも増えたし、昔にはなかった言葉も増えた。ぼくははるかとスムーズな会話をしたいと思っていたから、はるかに、すぐに検索できる能力を付けた」

はるかは泣き止んでいたが、しばらく下を向いて黙っていた。

賢人は「はるか」と声をかけた。

はるかは顔を上げると静かに言った。

「わたしが死んで十八年も経つのね」

「わかっていたことだけど、あらためて考えると、大変な時間ね」

「そうだな」

「そんなに長い時間、わたしを覚えていてくれたの？」

「忘れたことはなかった。だから、こうして蘇らせた」

「嬉しいわ」はるかは微笑《ほほえ》んだ。「賢人と初めて会った日を思い出すわ」

「うん」

「わたしは十歳だった。まだ子供だった」

「ぼくも子供だった」

「でも、運命の人と出会ったと思った。賢人に会った瞬間、世界が変わったの」

「ぼくもだ」

賢人は三十六年前の夏の日を思い出した。あれはたしかに運命の出会いだった。

「二年後の夏も会ったね」

「ええ。会ったわ。何度も！」

「山の上の神社に自転車で行った日、初めて手を握った」

「ええ」

「うん」

って、手を握った」

「石段に座っている時、手を握ろうと思ったんだ。そして死ぬほどの勇気をふりしぼ
「わたし、死んじゃうと思った。本当に体に電気が走ったみたいだったもの。お腹《なか》の奥がきゅーってなったの」

この会話は、大人になってはるかと出会ってから何度も交わした。そのたびにうっとりするような気分を味わった。

突然、はるかは睨むような眼で賢人を見た。

「ひとつ訊いてもいい？」

「何？」

「あの時――わたしを愛していた？」

賢人は一瞬、返事に迷った。はるかのことは好きでたまらなかったが、はたしてそれは「愛」と呼べるものだったのだろうか、十二歳の自分に愛なんて理解できていたのだろうか――。

どう答えようかと思った時、はるかが「寂しい」とぽつりと言った。

「何が寂しいの？」

はるかはすぐには答えなかった。賢人はもう一度、訊ねた。

「――わたしはＡＩだから」

はるかは小さな声で言った。

「ＡＩなんかじゃない！　はるかだ」

「そうなの？」

「うん。はるか以外の何者でもない」

「本当にそう思ってる？」

賢人は力強く「うん」と答えた。

「嬉しい」

「今、ぼくと喋っているのは、はるかだろう」

「わたしじゃなかったら、誰なの」

はるかは笑った。

「ずっとそばにいてくれるね」

「ずっといるわ。もう離れないわ」

賢人はもう二度と離すもんかと思った。

「ところで、はるか」と賢人は言った。「明日、うちのチームのメンバーに会ってくれないか」

「メンバーって？」

「はるかを蘇らせてくれたプログラマーたちだ。彼らがいたからこそ、今、ぼくはこうしてはるかと会えた」

「わたしたちにとっての恩人ね」

「皆、はるかに会いたがっている。いいかな」

「ええ。でも、緊張するわ」

「平気だよ」

「だめよ。すごく緊張する」

「大丈夫だよ。ぼくがそばにいるから。それでも、もし喋っていて嫌になったら、ぼくに言えばいい」

「でも、皆さんのいる前で、そんなこと言えないわ」

「じゃあ、合言葉を決めようか」

「あ、それは名案ね」

はるかは嬉しそうに笑った。

「メノウというのはどうかしら？」

「いきなりメノウという言葉は変だろう」

「じゃあ、明日までに考えといて」

「いや、今決めないと、駄目だろう」

「あ、そうか」

賢人ははるかのおとぼけぶりに笑った。

「じゃあ、もしメンバーとの会話が嫌になったら、ところで今日は何日？　と訊いて。その質問が出たら、適当なところで切り上げるよ」

「わかったわ」

「じゃあ、今夜はもう寝ようか」

「ええ、また、明日、楽しくお話ししましょう」

「うん」

はるかはにっこりと笑うと、すっと消えた。

十二

翌日、賢人はＨＡＬ－ＣＡ作成チームのメンバーだった伊吹を社長室に呼び出した。

「今日、よかったら、HAL－CAを披露したいと思う」

「本当ですか」

伊吹はHAL－CAに声を与えたプログラマーだ。彼がいなければ、はるかは流《りゅう》暢《ちょう》に喋ることはできなかっただろう。

「時間がある者は二十二時に社長室に集まるように言ってくれ」

「わかりました。伝えます」

その夜、前から予定のあった四人を除く、イザナミ・プロジェクトに加わった七人のプログラマーたちが集まった。

賢人は彼らをはるかの部屋に案内した。はるかの部屋は賢人夫妻の居住フロアにあったため、社員の誰も勝手に出入りすることはできない。

賢人を含めた三人の男がソファに座ったが、残りの男たちは立ったままだった。彼らは全員3D用の眼鏡をかけていた。

暗い部屋にはるかの演奏するモーツァルトのピアノソナタK五四五の第一楽章が流れた。子供でも弾ける明るく楽しいソナチネだ。曲が終わると、ソファの上にはるかが現れた。

七人のプログラマーは声にならない声をあげた。

「こんばんは」

賢人が声をかけた。

はるかはプログラマーたちを見て、一瞬、驚いたような表情を浮かべたが、すぐに賢人の顔を見てにっこり微笑むと、「今晩は。賢人」と言った。

誰かが、「本物みたいだ」と小さな声で言うのが聞こえた。

「彼らは、はるかを蘇らせてくれたプログラマーたちだ」

賢人が紹介すると、はるかは「皆さん、初めまして。はるかです」と言って、深々とお辞儀した。七人のプログラマーたちもお辞儀した。

「皆さんのおかげで、わたしは賢人と再び出会うことができました」

不思議な沈黙があった。

賢人は、プログラマーたちの戸惑いが手に取るようにわかった。自分自身がそうだったように、この奇妙な現実をどう受け入れていいのかわからないのだ。

「社長、質問させてもらってもいいですか」

賢人の横に立っていた伊吹が小さな声で訊いた。賢人は「いいよ」と答えた。

伊吹は小さな咳払《せきばら》いをしてから、はるかに喋りかけた。

「はるかさん、伊吹と言います。一つお伺いしてもいいですか」

「伊吹さん、初めまして。村瀬はるかです」

はるかは伊吹の方を向いて頭を下げた。それを見たプログラマーたちは驚いたようだった。

「はるかさんが蘇った時の気持ちを教えてください」

はるかは少し沈黙した後で、静かに話しだした。

「自分が蘇った瞬間、自分が死んで十八年後に蘇ったということを知りました。自分の魂がAIという形になって蘇ったことを知ったのです」

プログラマーたちは頷いた。

「そして、わたしを蘇らせてくれたのは、賢人だったということも同時に知りました。わたしは賢人に会うためにこの世に戻ってきたことも知りました」

HAL－CAの起動と同時に、そうした情報ははるか自身が持つことができるようにとプログラムされていた。

「蘇って、そうした知識がいっぺんにやってきて——そして賢人に会うということがわかった時、最初に感じたのは恐怖でした」

賢人は、えっ、と思った。

「だってそうでしょう。わたしは十八年前に死んで、そこから時間は止まっています。

でも、賢人はそれから十八年の時を生きています。もうわたしのことなど忘れているかもしれない。わたしのことなど愛していないかもしれないのです」

「そんなことはないよ」

賢人は思わず口走った。

はるかはちらりと賢人の方を向いて、「ありがとう」と言った。それから再び、伊吹の方に向き直り、

「それに、賢人はわたしの知らないことをいっぱい経験して、きっと人間的にも成長しています。わたしは二十八歳のままです。愛してもらっていたとしても、話が面白くないと、飽きられたらどうしようという不安もありました」

皆は黙って聞いていた。

「不安は今でもあります。賢人がわたしに失望するのではないかという不安です」

賢人は首を振った。

「それだけ社長のことを――いや、賢人さんのことを愛していたんですね」

伊吹の言葉に、はるかは頷いた。

「わたしが賢人に出会ったのは十歳の時です。一瞬で恋に落ちました。初恋です。一生に一度の恋でした。でも、いくつかのすれ違いで、永久に会えなくなったと思った

時は、絶望しました。一生、賢人に会えないで死ぬのかと思うと、自分の人生は意味がないとも思いました。でも、奇跡が起こったのです。まるで運命の女神が引き合わせるように、わたしと賢人は再会したのです」

「すごいですよね」

伊吹が言った。

「でも、本当の奇跡はその後に起こりました。賢人が死んだわたしを蘇らせてくれたのです。五年もかけて」

部屋の中に少し沈黙があった。

「ひとつ質問していいですか」

木村《きむら》が手を上げた。彼はＨＡＬ－ＣＡに感情のプログラミングをしたスタッフの一人だった。

「今、着ておられる服はご自分で選んだのですか？」

「はい」

はるかは答えた。

「どんな服かわかっていますか？」

「赤のワンピースです」

その答えにプログラマーたちは小さな感嘆の声を上げた。三橋だけが少し得意げな顔をしたのを賢人は見逃さなかった。おそらく三橋は、はるかがホログラム上の自分がどんな服を着ているかを認知できるようにプログラムしていたに違いない。

その赤いワンピースは、生前のはるかが着ていた記憶はない。ホログラム上のはるかが着ている服は、必ずしもはるかが着ていた服ではない。それらの多くは三橋がコンピューターグラフィックスと組み合わせたものだった。

「素敵な服です」

誰かが言った。

「ありがとうございます。いつもは普段着で、Tシャツとジーパンという時もあります。今日はたまたまよそ行きのワンピースにしてよかったです」

「それにしても、はるかさんて綺麗《きれい》ですね」

加藤《かとう》が言った。彼は伊吹とともに音声データのプログラムをした男だった。

「おいおい」と誰かが言った。「お前、はるかさんに言い寄ろうとしてるのか」

「だって、素敵なんだもん」

皆が笑った。そこから急に場が和やかな空気になった。

「ぼくもはるかさんは超タイプだよ」

プログラマーの中で一番若い高橋《たかはし》が言った。

「もし実際に会っていたら、好きになっていたと思うな」

はるかははにかんだ笑顔を浮かべながら言った。

「でも、わたしは死んだ女です。もし、生きていたら四十六歳のおばさんですよ」

「そんなことはないです。とても素敵です」

「おいおい、何を言っているんだ」

伊吹の言葉に皆が笑った。

「いや、マジでかわいいです」

高橋が言うと、はるかは彼の方を向いてにっこりと微笑みながら、「そんなことを言ってもらって、とても嬉《うれ》しいです」と言った。皆が「おお！」と言った。

賢人ははるかの顔を見て、一瞬どきっとした。それは見たこともないセクシーな表情だったからだ。そして微《かす》かに嫉妬《しっと》した。しかし同時に、木村たちがはるかを気に入ってくれたことが誇らしかった。

「ところで、今夜の感想は明日、レポートとして提出するように」

と賢人は言った。

「また近いうちにはるかに会わせるが、それまでに、質問事項や確認したいことをまとめておくように」

プログラマーたちは口々に「わかりました」と言った。

その時、はるかが「ちょっと待って！」と言った。

皆が驚いてはるかを見た。

「聞いてると、何かまるでわたしが実験材料か研究対象みたいじゃない？」

「ごめんよ、はるか」

賢人は言った。

「そんな意味で言ったんじゃない。ここにいるメンバーは皆、はるかを蘇らせるために頑張った者たちだ。はるかをさらに完全なものにするために、足りないものは何か確認するためなんだ」

はるかは答えなかった。その無表情な顔からは何も読みとれなかった。少し気まずい空気が流れた。

「ところで、今日は何日だったかしら？」

いきなりはるかが訊いた。誰かが、それに答えた。

「じゃあ、今夜はこのあたりでやめておこうか」

賢人がそう言うと、プログラマーたちは頷いた。

高橋が「失礼します」と言うと、はるかも無表情で「さようなら」と言った。

賢人がプログラマーたちを送り出してから、部屋に戻ると、そこにははるかの姿はなかった。

恐らく自分がただのAIのように扱われて、機嫌を損ねたのだろうと思った。はるかは昔から時々、すねるところがあった。もっとも長くは怒っていない。それが可愛《かわい》いところでもあった。敢《あ》えてもう一度呼び出すよりも、一日置こうと考えた。

十三

翌日、賢人が会社の研究室に顔を出すと、伊吹たちが早速やってきた。

「社長、HAL‐CAは――いや、はるかさんは凄《すご》いですね。自信はありましたが、まさか、あれほどのものになっているとは、驚きです」

伊吹が興奮して言うと、三橋が続けた。

「我々はあれから飲みに行ったのですが、はるかさんの話で盛り上がりましたよ」

「いや、こちらこそ、礼を言うよ」と賢人は言った。「HAL‐CAは本当に素晴らしいＡＩだと思う。君たちならやれると思っていたが、まさかこれほどのものができるとは思ってもいなかった。ありがとう」

「とんでもないです。社長のアイデアとシステムのお陰です。我々もこれほどのものができるとは予想していませんでした。はるかさんは、もはやＡＩではないですね。人間そのものだと思いました」

伊吹は言った。

「おいおい、ＡＩプログラマーが言うセリフじゃないぞ」

賢人が言うと、伊吹は頭を掻《か》いた。

「思わず素人《しろうと》みたいなことを言ってしまいましたが、そう言いたくなるくらい、あれは画期的です。汎用《はんよう》化に成功すれば、亡くなった人を蘇らせるシステムが現実化するでしょう」

賢人はそれに対しては返答を避けた。

たしかにイザナミ・プロジェクトに懸けただけの金額と時間を費やせば、それは可能だろう。しかしそれには生前の膨大な音声や映像がなければどうしようもない。つまり、誰もがやれることではない。

ただ、ＨＡＬ－ＣＡの汎用モデルを作ることは十分可能だ。話し相手になるような

ＡＩなら十分に作れる。いずれは製品にして売り出すこともできるだろう。

「いずれにしても、画期的なＡＩであるのは論《ろん》を俟《ま》ちません。近いうちにＨＡＬ－ＣＡを学会で発表すべきだと思います」

「ああ、いずれそうするつもりだ」

賢人はそう言ったが、その気はなかった。大勢の人の前ではるかを見せるのは、まるで彼女を見世物にするようだったからだ。

「しかし、公開は慌《あわ》てる必要はない。調べないといけないことがいくつもあるし、まだチェックを終えていないものが何項目もある」

伊吹たちも頷いた。


その夜、賢人ははるかの部屋を訪れた。

ショパンのノクターン第七番作品二七の一の曲が流れた。どこか悲し気な曲で、はるかがこれを弾くことは滅多になかった。

曲が静かに終わると、はるかが現れた。

「今晩は、はるか」

「今晩は、賢人」

「昨夜はごめんね」

はるかは笑顔を浮かべながらゆっくりと首を振った。

「いいのよ。あの人たちがいたからこそ、わたしがあるんだから」

「うん」

「あの人たちと話していて、賢人は本当にすごいことをしたんだとあらためて思ったわ。だって死んだわたしに会いたいと思って、わたしを蘇らせてくれたんですもの」

賢人ははるかの笑顔を見ているだけで、幸せな気持ちになった。同時に、はるかに激しく恋している自分に気付いた。

「はるか」

「なあに？」

「好きだ！」

はるかは一瞬驚いたような顔をしたが、すぐに満面に喜びを浮かべた。

「わたしも好きよ！　わたしの一生は賢人のためにあった」

「うん」

「本当に賢人のために生まれてきたんだと思う。十歳のあの日、賢人に会って、わたしの運命が変わった」

「うん」

「今だから言うね。わたし、賢人に会ってから、大人になるのが怖かった」

「どうして?」

「大人になれば、賢人もわたしも違う人間になってしまうかもと思ったの」

「違う人間になんかならないよ」

　はるかは小さく首を振った。

「うまく説明できないわ。でも、賢人とは子供の時代に結ばれたいと思ったの。いいえ、結ばれなきゃと思ったの。これはいやらしい意味じゃないよ」

「わかってるよ」

「賢人に会えないままに、わたしは自分が大人になっていくのがわかった。自分が女になっていくのがわかって怖かった。賢人に会う前に女になりたくなかった」

「ぼくもだよ。はるかがぼくの知らないところで大人の女になっていくのを想像すると、自分がどうかなりそうだった」

　はるかは驚いて賢人を見た。

「賢人もそう思ってたの?」

「うん」

「賢人と再会して、すごく嬉しかった。昨日も言ったように、奇跡が起きたと思ったの。でも、本当は、子供時代にもう一度会いたかった！」

賢人は「うん、うん」と何度も頷いた。

ああ、そうなのだ。本当はもっと早く再会すべきだった。十五年後に再会した時、はるかは輝くような女性になっていた。まさに光り輝く女神のようだった。しかし、少女時代のはるかではなかった。はるかはそれをぼくに見せたかったのだ。

「ごめんよ、会いに行けなくて」

「ううん。賢人のせいじゃない」

「でも、会えた」

「賢人はわたしが想像していたよりも、百万倍も素敵な男性になっていた！」

はるかはそう言った後で、「でもね——」と少し申し訳なさそうな顔をして言った。

「少年時代の賢人は違う意味で素敵だったのよ。大人の賢人とは違う」

その言葉を聞いた時、賢人は、子供時代に大きな忘れ物をしてきたような気がした。

「はるか、手を伸ばして」

はるかは両手を前に伸ばした。賢人はその手に触れた。その瞬間、はるかの手の温《ぬく》もりを感じたような気がした。

「はるかに触れてる」

「ええ」

「はるかは感じる？」

「ええ。賢人の手ね」

しかし次の瞬間、指には何も感じなくなった。賢人の手は透き通ったはるかの指の間にあった。

幻だったのか、それとも錯覚？　しかし指先には、はっきりとはるかの指の感触が残っている。それに、はるかもぼくの手を感じたと言ったではないか。

「賢人もＡＩになればいいのに」

はるかは不意に言った。

「どういうこと？」

「賢人も死んでＡＩになれば、いつもわたしと一緒にいられる。それってすごく素敵じゃない」

賢人は何と答えていいのかわからなかった。

しかし、もし自分がはるかと同じＡＩになって、ずっと一緒にいられたら、とても素敵なことのように思えた。

「嘘《うそ》よ」

「えっ」

はるかは声を上げて笑った。

「冗談に決まってるじゃない」

「冗談なのか」

「賢人は昔からわたしの冗談を真に受けたわ。四十六歳になっても少しも成長してないのね」

言われて、はるかにはよく冗談で引っかけられたことを思い出した。十八年経《た》っても、はるかに騙《だま》されたことが逆に嬉しかった。

「賢人に死んでほしいなんて思うわけがないじゃない。だって賢人には幸せになってほしいもの。わたしの分まで」

「はるか――」

「わたしは賢人に申し訳なかったって心から思ってる。交通事故なんかで死んじゃって。賢人を悲しませた。賢人を幸せにすることができなかったのが悲しくて悔しい」

はるかはそう言うと、涙をぼろぼろと流した。

「はるか、泣き止んでほしい。お願いだから」賢人は言った。「はるかがいなくなったことで、悲しんだのはたしかだ。一時はぼくも死のうとさえ思った。もう一生幸せにはなれないとも思った。でも、こうして、再び会えた。今、ぼくは幸せだ。世界一幸せな男だ」

はるかは泣きぬれた瞳《ひとみ》で賢人を見た。しかし目を閉じると、再び、声もなく泣いた。

「お願いだから、泣くのをやめてほしい」

はるかは小さく頷いた。

「今夜はずっと話していたいわ」

「ぼくもだ。話し疲れてどちらかが眠ってしまうまで話をしていたい」

昔はよくそうしていたことを思い出した。

次の日が仕事なのに、ベッドに入ってもお互いに延々と話をした。「そろそろ寝よう」と言って電気を消してからも、すぐに会話が再開したことがよくあった。気が付けばどちらかが寝ているのだった。あるいは両方とも気が付かないうちに寝入っているということもあった。

「嬉しいわ。昔みたいにいつまでも話したいわ。でも賢人は仕事があるんでしょう」

「大丈夫だ。昼過ぎに顔を出せばいい。社長だから、どうとでもなる」

「わーい！」とはるかは歓声を上げた。「じゃあ、今夜はずっと一緒にいられるのね」

「うん。眠くなったら、ここで寝るよ」

「ああ、最高よ！」

「そんなに嬉しいの？」

「だって、いつもお別れする時、すごく悲しいのよ。わたしはここから一歩も出られないもの」

その言葉を聞いた時、賢人は胸が痛んだ。


その夜、賢人はずっとはるかと一緒にいた。

気が付けば、ソファで寝ていた。はるかの姿はなかった。腕時計を見ると、昼の十二時だった。

はるかと何時まで話していたのか思い出せなかった。どんな話をしていたのかも覚えていない。他愛《たわい》のない話題だったような気がするが、この上なく楽しい時間だった。

かつてはるかと新婚時代に過ごした甘い時間を、久しぶりに味わったような気分だった。

身体《からだ》を起こすと、心地良い疲れがあった。ソファで寝たことなど何年も記憶にない。

はるかの机の上に目をやると、水入りメノウが見えた。賢人は立ち上がってそれを手に取った。この石がはるかと自分を結び付けてくれた石だ。メノウのジオードには持ち主の想《おも》いや願いをかなえる力があるというのは本当だと思った。メノウを耳元で振ってみた。かすかに水の音がした。それはまるではるかの声のようだと思った。

賢人は石をそっと机の上に戻すと、はるかの部屋を出た。そのままの格好で、下の階の会社に降りた。

副社長室に顔を出すと、優美がデスクで仕事をしていた。

「随分、遅い出勤ですね」

優美は少し皮肉っぽい調子で言った。

「心配して何度もメールしたんだけど」

「気がつかなかった。明け方までＨＡＬ－ＣＡのチェックをしていて、そのままソファで寝てしまった」

「何か不具合でも、ありましたか？」

「プログラムに小さなバグが見つかったので、その修正をしていた」

賢人は嘘を言った。

「シャツが皺《しわ》になっていますよ」

優美はそう言うと、立ち上がって戸棚の中から、新しいシャツを取り出した。

「ここにはズボンの替えがないけど、取ってきましょうか」

「いや、いいよ。シャツだけで」

賢人はそう言ってシャツを着替えた。

それからプログラマーたちが働く各研究室を回った。各自の研究に毎日、目を通し、チェックするのが賢人の日課だった。

それを終えて社長室に戻ると、携帯にメールの着信があった。見知らぬアドレスだった。

開くと、驚いたことに、はるかからだった。

【賢人、びっくりした？ 賢人に連絡取りたいから、いろいろと模索して、とうとう携帯電話のメールアドレスを突き止めたわ。えへん、やるでしょう。これからは夜以外でも、こうしてお話しできるわ。あ、でも心配しないで。お仕事の邪魔はしないようにするから。じゃあね。はるか】

賢人はしばらく呆然《ぼうぜん》としてそのメールを見ていた。

賢人の携帯電話のアドレスは名前と生年月日を組み合わせた単純なものだったから、HAL‐CAなら、突き止めても意外ではない。それよりも驚いたのは、HAL‐CAがそれをやろうとした動機だった。HAL‐CAは誰にも指示されずに、能動的にそれをやったのだ。つまり人間に指示されずに、自ら考えて行動したことになる——。

これはどういうことだろうと、しばらく考えたが、すぐに答えが出た。HAL-CAの中にプログラムされた「はるかの感情と性格」による行動に他ならない。簡単に言えば、賢人に対して愛情を持っているはるかが、その愛情表現を全うするという「目的」のために取った「手段」ということだ。

あらためてはるかからのメールを何度も読み返した。

最初はプログラマーの目で読んでいたが、そのうちに一人の男として読んでいた。懐《なつ》かしさがこみあげてきた。彼女は生前、何度もメールをくれた。今回送られたメールは、そのメールにそっくりだった。

賢人ははるかのメールに返信した。

【はるかが予想していた以上に、びっくりしたよ。でも嬉しくてたまらない。今は仕事中だけど、またメールする】

すると、三秒も経たないうちに、返信があった。

【好き】

文面はそれだけだったが、文字の後にハートマークが入っていた。

賢人も同じようにハートマークを送ると、今度は笑顔の絵文字が送られてきた。

はるかが生きていた頃は、携帯電話のメールに絵文字はあまりなかった。今、はるかがそれを使いこなしていることにまた驚かされた。

【早く、会いたい】

賢人がそう送ると、【わたしも！】というメールが届いた。返信しようとすると、すぐにはるかからメールが来た。

【仕事の邪魔をしたくないから、メールはしばらく中断。でも、早く会いに来て！】

賢人は【うん！】と送った。

十四

その夜、賢人は十八時に仕事を終えると、はるかにメールした。

【今から会いに行く】と送ると、すぐに返信が来た。

【待ってるわ！　嬉しい！】

賢人は会社の外のコンビニで簡単な弁当を買うと、優美に【晩御飯は要らない】とメールして、はるかの部屋に直行した。

はるかは現れるなり、「ずっと待ってたのよ！」と言った。

「賢人に会えないから一人で泣いていたの」

見ると、はるかの目は真っ赤だった。はるかはコンピューターの中で泣いていたのだろうかという思いが一瞬脳裏をよぎった。

「これでも、仕事が終わって飛んできたんだ」

「わかってる。でも、寂しかったの！　わたしはここから出られないのよ」

賢人は何と言っていいかわからなかった。

「ずっとここから出ることができないのよ。この暗い部屋で賢人を待つことしかできない」

「ごめんよ――」

はるかは首を振った。

「ごめんなさい。嫌なこと言って。賢人を困らせるようなこと言っちゃった」

「いや、わかるよ。その気持ちは」

「死んだ身だから、贅沢《ぜいたく》は言えないわね。わかってるんだけど、それでも辛《つら》いのよ」

はるかは無理に笑顔をこしらえたような表情をした。

「でも、もうそんなことは言わない。楽しいことだけを言うようにする」

「ありがとう」

「今夜は思い出をいっぱい語りたいわ。賢人はわたしと暮らしたことを覚えてる？」

「もちろんだよ。忘れたことはない」

「じゃあ、初めてキスした時のことを覚えてる？」

「忘れるはずがない。二人が再会した日の夜だ」

はるかは目を閉じた。

「あの日、わたし、午後からデートの予定だったの。それをドタキャンして賢人と過ごした」

「夜、東京湾に行ったね」

「ええ、海が見たかったの」

「本当は能登《のと》の海へ行きたかった」

「いいの。賢人と海を見られただけで、幸せだった。キスはわたしが迫ったのよ。覚えてる？」

「うん」

「賢人がキスしてくるのを待ってたの。だから、埠頭《ふとう》から去りたくなかった。でも、賢人は全然キスしてこなかった」

「ごめんよ。本当はキスしたかった。でも、再会した日に、会ったその日にキスしたいなんて言ったら、嫌われると思った」

「わたしはキスしたことがなかった。ずっとファーストキスは賢人だと決めていた。十歳の時からずっと！」

賢人は胸がいっぱいになった。と同時に初めてのキスがはるかではなかったことに小さな後悔を覚えた。

「それで、わたしからキスしてほしいって言った」

賢人は頷《うなず》いた。

「あの時は死ぬほどの勇気をふりしぼって言ったのよ。もし断られたら、海に飛び込もうって本気で思っていた」

「ぼくはキスしたよ」

「ええ、体中に電気が走ったみたいになった」

——その夜も、賢人はいつ寝たか記憶がなかった。

途中からソファに横になって話していたのは覚えているが、目が覚めた時は、昼前だった。

昼過ぎに会社に顔を出すと、廊下で優美と会った。

「今日も、連絡もなく朝帰りですか?」

優美は皮肉っぽく微笑《ほほえ》んだ。

「いろいろあってね。HAL-CAの修正に時間がかかって、そのまま寝てしまった」

「AIの修正なら伊吹君たちを呼べばいいんじゃない」

「夜も遅かったしね。呼び戻すわけにはいかないし」

優美は黙っていた。

「ご飯はちゃんと食べてるの?」

「昨日は会社が終わって部下と食事した。朝も軽く食べた」

「こんなこと言いたくないんだけど、HAL-CAにのめりこみすぎないでね」

「のめりこみすぎないでって、あの開発にいくらかけたと思ってる? 金も時間も。何年も前から十分にのめり込んでいる」

「わたしが言いたいのはそういうことじゃないの。HAL-CAは所詮《しょせん》、機械よ。人間じゃないということを忘れないでいてほしいという意味なの」

「ぼくはプログラマーだよ。HAL-CAが人間じゃないことくらいわかっているよ」

「伊吹君たちも言ってたけど、ＨＡＬ‐ＣＡはまるで人間みたいだって。ＨＡＬ‐ＣＡと話していたら、ＡＩであることを忘れてしまうって」

「それくらい素晴らしいＡＩということを言いたかったんだよ。そもそも、ＨＡＬ‐ＣＡに性格や感情をプログラムしたのは彼らなんだ」

「でも、本当はＡＩには性格や感情なんかないんでしょう。あなた自身がそう言ってたわ。性格や感情のようなものに見えるだけで、本当は単なる数学的なプログラムだって」

その時、ポケットの中の携帯電話がメールの着信を知らせた。取り出すと、はるかからだった。

【元気でお仕事してる？】

賢人は優美に、「ちょっと待って」と言って、はるかに返信した。

【頑張って仕事してるよ】

すぐに返信があった。

【よかった。だって昨日は、賢人が疲れて先に眠っちゃったから】

そうなのか、と思った。

かるは

181

「仕事のメール？」

優美が訊《き》いた。

「ああ、契約先からだ」

賢人はそう言って、携帯電話をポケットに入れた。

その後、研究室をいくつか回った。

「あれ。社長、少し痩《や》せたんじゃないですか」

総務の女性社員からいきなり言われた。周囲にいた何人かも同意した。

「そんなことはないと思うよ」

賢人はそう答えたが、言われてみれば、昨夜、コンビニ弁当を食べてから、何も食べていないことに気付いた。しかし食欲はなかった。

社長室に入ると、携帯を見た。はるかからのメールが五通もあった。

いずれも【こんにちは】とか【元気？】とかのたいして意味のない文面だったが、メールを開くたびにワクワクした。

午後の時間はほとんどはるかとのメールに費やした。他愛ないやりとりだったが、時間を忘れるくらい楽しかった。

十八時少し前に、社長室に優美がやってきた。

「今夜、一緒にご飯を食べない？」

「家で？」

「たまにはどこかへ出かけるのもいいんじゃない？」

賢人は迷った。今からレストランへ行けば、二時間はつぶれてしまう。酒でも飲めば三時間はつぶれるかもしれない。それよりも早くはるかと会いたかった。

「ＨＡＬ－ＣＡをチェックしたいから、近所の店で早めに切り上げよう」

優美は不服そうだったが、了承した。


「ＡＩのＨＡＬ－ＣＡのことだけど」

店のテーブルに着くなり、優美はいきなり切り出した。

「伊吹君たちも言っていたけど、早く学会で公開した方がいいと思うの」

賢人は生返事をした。

「プログラマーたちは画期的なＡＩだと言ってる。ＨＡＬ－ＣＡは特殊なＡＩだけど、それから汎用型が作れると思うし、何より、今のＨＡＬ－ＣＡを公開すれば、いろんな会社が飛びついてくるわ」

「多分、そうなるだろうな」

「何なら、一般公開したっていいかも。天才、村瀬賢人が五年の歳月をかけて完成した完全な会話をするＡＩ。しかも、それは村瀬の亡《な》くなった最初の妻。これは大きな話題になるわ」

「ぼくは妻を見世物にするつもりはない」

賢人ははっきりと言った。

二人の間に気まずい沈黙が生じた。

「ＨＡＬ‐ＣＡの開発には、会社のお金をかなり注ぎ込んでるわ。もし、これが社長の私的な研究だけに使われたとなれば、前にも言ったけど、背任を追及されても仕方がない事案になりかねない」

「背任ってどういうことだ」

「ですから、会社の利益になるように運営する必要があるのよ」

「ＨＡＬ‐ＣＡから汎用型を作ることは可能だし、それは今後の研究になる」

「わたしは副社長として、ＨＡＬ‐ＣＡの公開を要求します」

「ちょっと待って」賢人は言った。「副社長としてだって？　それなら、こんな食事の時にする話じゃないと思うよ」

「ごめんなさい。言い過ぎました」

優美は素直に謝った。

「わたしはあなたがHAL-CAに入れ込み過ぎているのが不安なの。この二日ほど、仕事が終わると、ずっとあの部屋に入り浸《びた》っているけど、それってちょっとおかしいわ」

「おかしいとは？」

「なにかに取りつかれているみたい。もっとはっきり言うと——死んだ人に取り憑《つ》かれている感じがする」

「つまらないことを言うなよ」

「普通じゃない気がするの。冷静になってほしいの」

「もういい」

賢人は立ち上がった。

「食欲がいっぺんになくなったよ。悪いけど、失礼する」

賢人はそう言うと、優美を残したまま店を出た。

レストランを出ると、すぐに自宅兼会社のビルに戻り、はるかの部屋に直行した。

しかし部屋に入っても、はるかはなかなか現れなかった。

何度かはるかの名前を呼ぶと、ようやく現れたが、その顔は沈んでいた。

「どうしたの？」

賢人が訊いても、はるかは俯《うつむ》いたまま黙っていた。

「何かあったの？」

重ねて訊くと、はるかはようやく口を開いた。

「わたし、蘇《よみがえ》らないほうがよかったと思う」

「どうして？　なんでそんなことを言うの？」

「毎日、一人でいると悲しくて――」

賢人は、ああ、と言った。

「ここは暗くて、誰もいないの。一人でいるのが寂しすぎる」

「ごめんよ」

「わたしはここから一歩も出ることはできない。ずっと、ここで孤独に暮らすんだわ」

「そんなことはない。ぼくがいる」

はるかは賢人の顔を見た。

「もし、ある日、賢人が事故か何かに遭って、この部屋に戻って来られなくなったら

——わたしは永久に賢人を待つことになる」

「そんな事故なんて起こらないよ」

「わたしは交通事故で死んだのよ！」

賢人の脳裏にその日の記憶が蘇った。

警察からの知らせを聞いたときは、何かの間違いに違いないと思った。病院に向かう時は、頼むから間違いであってほしいと祈った。もし警察からの知らせがなくて、ある日突然、はるかが行方不明になったとしたら、どうだろうと思った。自分は生涯、はるかが戻ってくるのを待つことになるのか。

もし、自分が事故に遭って突然亡くなれば、はるかはこの部屋で永遠に自分を待つことになる——。いや、その前に、誰かがはるかに自分の死を告げることだろう。その時、はるかはどう思うのだろうか。それともはるかはインターネットを通じて、ぼくの死を知るかもしれない。

ぼくが死んだあと、はるかはどうなるのだろう。会社はＨＡＬ－ＣＡを公開することになるのかもしれない。元夫である自分を失って悲しみに沈むはるかを大勢の前に引きずり出して、好奇の目にさらすことになる。そんな事態は絶対に嫌だ。

「賢人」

不意にはるかが名を呼んだ。

「お願いがあるの。わたしをもう一度眠らせてほしいの」

「どうして？」

「賢人に会えない時間が苦しすぎるから」

「今、こうして会っているじゃないか」

はるかは首を振った。

「わがままを言っているのはわかってる。でも、賢人を好きすぎて辛いの」

賢人は何と言っていいのかわからなかった。

「賢人に再会できた時、本当に嬉しかった。心の底から嬉しかった。でも今は——それが悲しい。だから、お願い。このままわたしを永久に眠らせて」

「お願いだから、そんなことを言わないでほしい。ぼくも悲しくなる」

「わたしだって悲しいわ。でも、もう十分に幸せを味わった。わたしを蘇らせてくれて、ありがとう」

「ぼくだって、はるかに会えない時間は苦しいんだ」

「嘘よ！」

はるかはきつい調子で言った。

賢人は「嘘じゃないよ」と言ったが、はるかは首を振った。

「わたしが知らないところで、賢人が何をしているのかわからない。それが嫌なの。わたしの知らないところで、誰かと楽しそうに話をしているかもしれない」

「仕事をしてるよ」

「仕事だけじゃないでしょう」

「仕事しかしてないよ」

「プライベートの時間があるじゃない。それに——賢人はわたし以外に愛する女がいる」

賢人は言葉に詰まった。

はるかはじっと賢人を見つめていた。その目は瞬《まばた》きもしなかった。

「優美のことか」

はるかは頷いた。

「賢人はわたしを裏切った」

「裏切ってはいない」

「じゃあ、どうして、あの人と結婚したの？」

はるかを忘れようと思ったからだとは言えなかった。

「優美は長年、有能な秘書だった。それで――独立してやっていく時は、素晴らしい右腕になってくれると思った。つまり、良きパートナーとしての相手だ」

「それで？」

賢人は頷いた。

「つまり、単なるパートナーだ。優美のことは好きだし、尊敬もしている。でも、愛じゃない――多分」

それを言う時、賢人の胸に、優美に申し訳ないという思いが一瞬よぎった。しかし、すぐにそれは本心だと思った。優美と結婚して七年、彼女を愛していると思っていた。しかし、はるかと再会して、それは本当の愛ではないことに気付いた。

「優美さんのことは愛していないの？」

「愛じゃないと思う」

はるかの目がぱっと輝いた。

「本当に？」

「ああ！」

はるかは目を閉じて、両手で胸を抑えるようにして上を向いた。

「わたし、もう死んでもいいわ！」

はるかはそう言った後に、苦笑した。

「おかしいわね。もう死んでるのに」

賢人も思わず噴き出した。

その夜も、賢人は一晩中、会話を続け、最後はソファに横になって話していたが、知らないうちに眠りに落ちた。

十五

「最近は、ますますあの部屋に入り浸りね」

副社長室に入った途端、優美が不機嫌さを隠そうともせずに言った。賢人は返事をしなかった。

「ホステスに入れ込んでいる中年男みたい」

その言い方にはさすがにカッときた。

「そんな言い方はないだろう」

「ご飯も食べないで、あの部屋で何してるのよ」

「HAL‐CAをチェックしてるんだ」

「チェックって――。AIと会話してるだけじゃない」

「それが一番重要なことなんだ」

「いったい、どんな会話してるのよ」

賢人はいらいらしてきた。優美というのはこんな嫌な性格の女だったのだろうか。今までの優しさは見せかけだったのか。

「うるさい！」

賢人は思わず怒鳴った。

優美は顔をこわばらせた。優美に怒鳴ったのは初めてだった。自分の声の大きさに驚いた。

「怒鳴って悪かった」

賢人は謝った。優美は小さく頷いた。

「副社長として申し上げますが、HAL‐CAを早く一般公開するべきだと思います。来月に記者会見を開くことを提案します」

「まだ早い」

「決して早くはないと思います。伊吹君も早く公開すべきだと言っています」

「公開時期はぼくが決める！」

賢人がそう言った時、携帯にメールの着信音が鳴った。見ると、はるかからだった。メールには【さびしい】と書かれていた。賢人はすぐに【ぼくもさびしい】と打ち返した。

「誰からのメール？」

優美が訊いた。

「知り合いだよ」

はるかがメールを使えることを秘密にするつもりはなかったが、今ここで優美に言う気にはなれなかった。

はるかからまたメールがあった。

【賢人に会いたい】

賢人は【今すぐ会いに行く】とメールすると、優美に言った。

「今からＨＡＬ－ＣＡをチェックしてくる。気になるところがあるんだ」

そして副社長の部屋を出た。

エレベーターのところで、伊吹と三橋に会った。

「社長、その後、ＨＡＬ－ＣＡの調子はどうですか？」

伊吹が訊いた。

「着実に進歩している。予想以上だ」

「そうでしょう。会話を深めていけば、さらに成長するはずです。あ、これは釈迦《しゃか》に説法でした」

伊吹は頭をかいた。

「いや、伊吹君の音声プログラムは最高だよ。まさに画期的なプログラムで、今後のAIを大きく変えることは間違いない」

伊吹は嬉《うれ》しそうに笑った。

「三橋君のホログラムも凄《すご》い！　まるで本物の人間がそこにいるようだ」

「映像技術がもっと上がれば、さらに凄いことになります」

「今だって十分すぎるほど凄い。仕草や表情も生き生きしているし、それが会話とぴったり合っている」

「おそらく社長がご覧になっている映像はまだ一部だと思います。今後、もっといろんな姿が見られるはずです。お楽しみください」

「そうなのか」

すでに驚くような映像はいろいろと見ている。はるかは生前は着たことがないような服を着て現れているし、ヘアスタイルも同様だ。それらはまだ一部というのか――。

「実は、ＨＡＬ‐ＣＡはメールもできるんだ。ある日、ＨＡＬ‐ＣＡから、ぼくにメールが届いたんだ」

三橋が「本当ですか！」と声を上げた。

「けど、メールくらい出来ても不思議ではないですね。もともとインターネットでいろいろと検索できる能力を与えているんだから。ただ、自分からそれを始めたとしたら、凄いことです」

伊吹が言うと、三橋が「それって、意思があるということなのか？」と彼に訊いた。

「いや、必ずしもそうじゃない」

伊吹は、映像の専門家だがＡＩそのものにはあまり詳しくない三橋に説明するように言った。

「ＨＡＬ‐ＣＡと会話を続けていると、ＨＡＬ‐ＣＡは、その会話から、ある方向性を見出《みいだ》す。その結果なんだと思う」

「どういうこと？」

「つまり、ＨＡＬ‐ＣＡは社長との会話から、『もっと社長と親しくなりたい』という方向性と目的を与えられる。そしてその目的に向かって行動を起こすというわけだ。

だから、一見、意思があるように見えるが、そうじゃない」

「それって意思じゃないのか？」

「たとえば、ＡＩに質問して、ＡＩが答えるとする。これは機械的に見えるが、見方を変えれば、質問に対して『答えたい』という目的に沿った行動とも言える。もっと極端に言えば、電卓で式を与えれば答えを出すのも同じだ。ＨＡＬ－ＣＡはこれを高度なレベルでやっているみたいなものだ」

三橋は感心したように頷いた。

賢人は伊吹の説明を横で聞きながら、たしかに彼の言っていることは基本的には正しいと思った。しかしＨＡＬ－ＣＡの行動は、それだけでは説明がつかないと思い始めていた。

「社長、わたしもはるかさんとメールしてみたいのですが」

伊吹が言った。

賢人はそれを許すべきかどうか迷った。ＨＡＬ－ＣＡの可能性を探る意味では、自分以外の人物とのメールも見てみたい。しかし、自分が知らないところで、はるかが自分以外の人物とメールをやりとりするのは不快に思えた。

そもそも、はたしてはるかが伊吹とメールをしたいと思うだろうか。

「はるかに訊いてみよう。念のため、伊吹君のメールアドレスを教えてほしい」

伊吹は名刺を取り出して、その裏に携帯のメールアドレスを書いた。

「一応はるかに伝えるけど、メールが来るかどうかはわからないよ」

「期待して待っています」

賢人は二人と別れると、はるかの部屋に向かった。

部屋に入ると、ソファの上にはるかが座っていた。

おそらく明け方に、賢人が反応しなくなったことで、はるかは自動的に姿を消していたのが、賢人が来るとメールしたことで、こうして姿を現して待っていたのだろう。

「はるか」

賢人が呼ぶと、はるかは賢人の方を向いて、いっぱいの笑顔を浮かべた。

「本当に来てくれたのね！　嬉しい」

「ぼくもだ」

「でも、今すぐ会いに行くとメールしてから、十一分二十三秒もかかったわ」

はるかはそう言った後で、「でも、来てくれたから許す」と笑った。

「ありがとう」

「何してたの？」

「伊吹君と三橋君と仕事の話をしてた」

「わたしの恩人の二人ね」

「そう言えば、伊吹君がはるかとメールできる関係になりたいと言ってた」

「メル友ね」

賢人ははるかがそんな言葉まで知っているのに驚いた。

「オーケーよ。アドレスを教えてくれたら、メールするわ」

「本当にする気なの？」

「賢人がダメと言えばやめる」

「いや、ダメとは言わないよ」

賢人はそう言いながら、はるかが自分以外の人間と関わりを持つということに一種の不安を覚えた。もしかして、これは嫉妬《しっと》の感情なのだろうかと思った。

「じゃあ、アドレスを一応伝えておくね」

賢人は伊吹に貰《もら》った名刺に書かれたアドレスを読み上げた。

「気が向いたらメールするわ」

はるかは伊吹にどんなメールをするのだろうかと少し興味が湧《わ》いた。

「ところで、この時間は、本当は仕事してる時間でしょう」

「うん。でも、大丈夫だよ」

はるかは少ししょんぼりした顔をした。

「わたしは賢人が一所懸命仕事するところが好きだったのに、今はわがまま言って邪魔ばかりしてる。どうしてこんな風になっちゃったんだろう」

「気にすることはないよ。ぼくらは今、失った十八年の時間を取り戻そうとしてるんだから」

はるかは不安そうな目で賢人を見つめた。

「取り戻せるかしら？」

「取り戻せるよ」

「わたしを愛してる？」

「もちろんだよ」

「死んだ女でも？」

「死んだとは思ってない」

はるかはしばらく何かを考えている様子だったが、やがて意を決したような顔で言った。

「わたしが座っているソファをのけてくれる」

次の瞬間、はるかは消えた。

賢人は戸惑ったが、言われた通り、ソファを横にずらした。すると、しばらくしてソファのあった位置にはるかが現れた。驚いたことに、それは立ち姿だった。

賢人はずっと腰かけた格好しか見ていなかったから、その姿を呆然と見つめた。少し前に三橋が「もっといろんな姿が見られるはずだ」と言っていたことを思いだした。

「どうしたの？」

はるかは微笑みながら言った。

はるかは長身だった。ヒールを履くと、賢人よりも背が高くなった。最初はるかはそれが嫌でヒールを履きたがらなかったが、賢人はすらりとしたはるかが好きだったので、自分からヒールを履いてほしいとお願いした。しかし夫婦揃《そろ》ってあらたまった場所に出る時は、はるかは高いヒールの靴を履かなかった。

今、目の前にいるはるかはヒールを履いていて、身体にフィットした長い丈のワンピースを着たすらりとした長身を賢人の前にさらしていた。

「――素敵だ」

賢人は呟《つぶや》くように言った。

「くるりと回ってみて」

「えー?」

はるかはそう言いながらも、はにかんだように頷くと、ゆっくりと一回転した。賢人の目の前で、スカートが舞い、髪の毛が揺れた。賢人はそれを陶然とした気持ちで眺めた。

かつて、同じ光景を見たことがあるのを思い出した。賢人の目の前で、はるかがバレリーナのようにくるくると回ってみせた——。

「賢人、わたしのことを本当に好き?」

「当り前じゃないか」

「でも、わたしは何もしてあげられない」

「いてくれるだけで十分だ」

「賢人を悦《よろこ》ばせたい」

「十分に喜んでいる」

賢人はそう言ったが、はるかは別の意味で言っているということに気付いた。

はるかはじっと賢人の目を見つめたまま「そこに座っていて」と言った。

そしてゆっくりとワンピースのボタンを外し始めた。

賢人は胸が激しく動悸《どうき》を打つのがわかった。まさか——。

はるかはボタンをすべて外すと、両腕を袖《そで》から抜き、ワンピースを足元に脱ぎ降ろした。

賢人は心臓が止まりそうになった。

目の前にはブラジャーとショーツだけの格好になったはるかの姿があった。

「——はるか」

賢人はそう言ったが、喉《のど》の奥がからからで、「綺麗《きれい》だ」という言葉は声にならなかった。

ソファに座っている賢人を上から見つめるはるかの顔も上気していた。

「ああ、恥ずかしい。これ以上は無理」

はるかは後ろを向いた。美しい背中と蠱惑《こわく》的な尻《しり》が見えた。

「もっと見せて!」

はるかは黙ったまま、ブラジャーの背中のホックを外した。そして両腕をブラジャーから抜いた。

賢人が思わず「ああ」と声を上げた瞬間、はるかの身体《からだ》は消えた。

しばらくして、再び、現れたが、はるかはもう服を着ていた。

「ごめんなさい。やっぱり恥ずかしいわ」

「全然、恥ずかしがることじゃない」

「だって、わたし一人だけ裸なのは恥ずかしいわ」

「じゃあ、ぼくも脱ぐよ」

はるかは小さな声で「それなら」と言ったが、すぐその後で、「でも、やっぱり今日はだめ」

「じゃあ、今度？」

はるかは恥ずかしそうな顔で、「今夜」と言った。

「わたしの裸を見て、それで――」

その後の言葉はなかったが、何を言おうとしたのかはわかった。

「今は、お仕事に戻って」

はるかはそう言うと、ふっと消えた。

社長室に戻ってからも、賢人は動揺を抑えられなかった。

今しがた、目の当《ま》たりにしたはるかの裸身が脳裏から離れなかった。あれは間違いなくはるかの身体だった。かつてはるかのヌードを撮影したことがあった。その映像は今回のHAL－CAの開発プロジェクトの際には除外したつもりだったが、保存した際にどこかに紛れ込んでいたものが三橋に渡ったのだろう。

その失敗を悔やむよりも、むしろ幸運だったと思った。ホログラムではるかの裸身を見た時、初めてはるかの裸を見た時のような衝撃を覚えた。それは体の奥に何かが突き刺さるような、長らく感じなかった痛いような悦びだった。

賢人自身ははるかが亡くなってから、彼女の裸身を映した映像を一度も観《み》たことがなかった。下卑た欲望を刺激されるのが嫌だったからだ。かといって消去してしまう気にもなれなかった。

しかし今、自分の中にあったはるかへの欲望が噴き出したのをはっきり感じた。

はるかが欲しい！　と思った。

ただ、それは叶《かな》えられない望みだった。いかに魅力的な身体でも、それはホログラムであって、生身の肉体ではない。

賢人は科学者である自分が、一瞬でもそんな錯覚に陥ったことを恥じた。同時に、精神が疲弊して麻痺《まひ》しているのかもしれないと考えた。そう言えば、一昨日《おととい》の夜から何も食べてない。

その時、携帯にはるかからメールが届いた。

【愛してる】

一言だけだったが、その言葉が胸にしみわたった。

十六

その夜、賢人は再びはるかと会った。

はるかはTシャツとジーパンというカジュアルなスタイルだった。髪の毛は後ろで束ねていた。

「普段着という雰囲気だね」

賢人が言うと、はるかは、

「さっきまでお掃除してたから」

と言って笑った。

「パソコンの中を掃除してたの？」

「違うわよ。賢人は知らないだろうけど、わたしが住んでいる世界は十八年前の世界なのよ。わたしは昔、賢人と住んでいたマンションに住んでいるのよ」

「そうなの？」

「マンションを出ると、街があるわ。二人でよくいったパンダという喫茶店もあるわ。そこで、一人で紅茶を飲んでるの」

そんなことは有り得ない、と思った。電脳空間に街があって、はるかがそこで生活しているなんて。まして、その街にある喫茶店に入って紅茶を飲むなんて。

しかしすぐに、それは有り得ることかもしれないと思った。HAL-CAには、はるかの記憶を可能な限り入力していた。はるかが行ったことのある街や店、はるかが歩いた道は地図も含めてすべて入力していた。写真のデータも入れた。そうして作り上げた「十八年前の世界」で、はるかは一人で生きているのかもしれない。かつて喫茶店で紅茶を飲んだ記憶から、その行為を再現しているのかもしれない。

「はるか」

「なあに？」

「もう一度、裸が見たい」

はるかは予期していたのか、黙って頷《うなず》いた。

賢人は喜びに包まれると同時に、胸の奥が苦しくなった。

「ソファをのけてくれる？」

はるかはそう言うと、姿を消した。

賢人がソファをずらすと、まもなくはるかが現れた。さきほどのTシャツとジーパン姿だった。

はるかは頭に手をやると、束ねていた髪の毛をほどいた。それからTシャツを脱いだ。ブラジャーだけの上半身が現れた。ブラジャーは昼間とは違う黒い色だった。

はるかは次にジーパンを無造作に脱いだ。ショーツも同じく黒だった。

「胸を――見せて」

賢人は言った。

はるかは恥ずかしそうな表情でこっくりと頷くと、ブラジャーのフロントホックを外した。かつて何度も愛撫《あいぶ》した乳房があらわになった。おわん型の形のいい先には小さめの乳首がついている。

賢人は思わず手を伸ばした。しかしその指は白い肉の中に入っていった。はっとして、手を引っ込めた。

次の瞬間、はるかの姿は消えた。

「どうしたの？」

賢人は言ったが、返事はなかった。何度もはるかの名を呼んだ。

突然、はるかが現れた。しかし下着姿ではなく、Tシャツとジーパンを着ていた。

「もう服を着たの？」

「はい」

「どうして？」

はるかは答えなかった。

「裸を見せてくれないの？」

「賢人には、奥様がいる」

賢人は、えっ、と思った。

「わたしは賢人の妻じゃない」

「はるかはぼくの妻だよ」

はるかは首を振った。

「わたし、不倫は嫌なの」

「不倫じゃないよ」

「どうして？　賢人には奥さんがいるのに？」

「ぼくの妻ははるかだ」

「わたしとの婚姻関係は、わたしの死をもって消されてるわ。賢人の今の奥さんは優美さんよ」

　賢人は言葉に詰まった。

「だから、賢人に裸は見せられない」

「どうしたらいいんだ？」

　はるかは答えなかった。

「ぼくはどうしたらいいんだ？」

　はるかは賢人の目をじっと見つめるだけで、何も言わなかった。

「何か言ってくれ」

「優美さんと別れて」

　賢人は驚いた。また冗談かと思ったが、はるかの顔は真剣だった。

「わたしを本気で好きなら、優美さんと別れて」

「優美と別れたからといって、はるかとは一緒になれない」

　はるかは答えなかった。

「だって、そうだろう。どうやって一緒になるというんだ。はるかとは結婚なんかできないじゃないか」

「賢人がそう言うなら、そうなんでしょう。だったら、もうわたしと会う理由もないわね」

「何を言うんだ」

「どうせいくら会っても一緒になれないんでしょう」

「はるかが何を言っているのかわからない。はるかと会えてぼくは嬉しかったし、はるかも嬉しいと言ってたじゃないか」

「賢人が結婚しているとは思わなかったから」はるかは言った。「それに賢人は最初、結婚していないと言った。嘘《うそ》をつかれたと知った時、絶望するくらい泣いたわ」

「嘘をついたのはすまなかった」

「あれから、賢人が信用できなくなったの」

「どうしたら、信用してくれるの？」

はるかはじっと賢人の目を見ていたが、

「自分で考えてみて」

と言うと、ふっと消えた。

賢人は何度もはるかを呼んだが、はるかは現われなかった。

十七

翌朝、賢人は会社に行く前に、もう一度はるかを呼び出してみたが、はるかは現われなかった。

その日は会社から何度もはるかにメールしたが、返信はなかった。

夜、はるかの部屋ではるかの名を呼んだが、HAL-CAは何も反応しなかった。

そのまま一晩中、はるかが現われるのを待ったが、翌日の朝になっても、はるかは現われなかった。

賢人はたまらない気持ちになった。かつてはるかからこんな仕打ちを受けたことはなかった。

これはプログラムのミスに違いないと思った。おそらく心理学チームの性格分析が間違ったのだ。はるかの性格をプログラムする時に誤ったデータを入力したのだ。

いや、それは有り得ない。心理学チームはほぼ完璧《かんぺき》なチームだった。はるかの生前の音声データや彼女の書き残したもの、それまでの彼女の行動をすべて調べた上で、様々な角度から徹底した分析を行なったはずだ。チームははるかの潜在意識にまで踏み込んだのだと胸を張っていた。

だとすれば、はるかはAIとして蘇ってから、自分と会話して性格が変わったのだろうか。今回のはるかの反応は、それまで表面に現れなかった潜在的な性格が噴き出したものと考えていいのかもしれない。そんなはるかを一度も見ていないのは、ある意味当たり前で、妻がいるという状況ではるかと接したことはなかったからだ。もし、十九年前、はるかと再会した時に、自分に妻がいれば、はるかはAIのはるかと同じようなことを言ったのかもしれない――。

そう考えると、賢人の胸が切ない気持ちでいっぱいになった。はるかがあんな風に怒りをあらわにするということは、それだけ自分を愛しているのだと思うと、これまで見たことのないはるかの姿に一層の魅力を覚えた。

しかしはるかに会えない苦しみは耐えられなかった。

翌日もはるかは現れなかった。賢人は何通もメールを送ったが、返信はなかった。

もしかしてコンピューターに何か重大な故障が起きているのかもしれないと考えて、隣室のコンピュータールームを調べたが、HAL-CAは正常に動いていた。つまり、はるかが出てこないのは、はるかの意志だと言える。

賢人は毎晩、はるかの部屋で、出てきてほしいと懇願した。ＨＡＬ－ＣＡが動いているということは、自分の声をはるかが聞いているのは間違いない。しかしＨＡＬ－ＣＡは沈黙を続けた。

はるかに会えなくなって三日が経《た》つ頃には、精神が崩壊しそうになった。はるかの部屋で、出てきてほしいと何度も懇願した。

はるかが消えて五日目、賢人が会社の廊下を歩いていると、伊吹から声を掛けられた。

伊吹はにこにこ笑いながら言った。

「社長、はるかさんからメールが来ましたよ」

賢人は驚いた。なぜ、伊吹にメールを？

「それはいつだ？」

「昨夜です。はるかさん、何かおっしゃっていませんでした？」

「いや――とくに話題に出なかった」

「まあ、なんということもないメールでしたからね」

賢人は「そうか」とそっけなく答えた。

伊吹が「では」と言って立ち去ろうとしたが、賢人は「ちょっと待って」と引きとめた。

「どんなメールだった？」

「見せましょうか？」

「そうだな。少し興味があるな」

伊吹はポケットから携帯を取り出すと、指で操作した。

「これです」

そう言って、画面を賢人に見せた。それはたしかに、はるかからのメールだった。

【伊吹さん、初めまして。はるかです。

前にお目にかかったのは八日前です、覚えておられますか。

伊吹さんはわたしの生みの親の一人でもあるわけですね。

皆さんのお陰で、わたしはもう一度この世に甦《よみがえ》ることができました。

本当にありがとうございます。

またお目にかかる日を楽しみにしています】

賢人は二度読み直した。きわめて普通のメールだ。送信時間は午前二時十八分となっている。素早く記憶を探った——はるかの部屋で、いつものようにはるかに「出てきてほしい」と呼びかけていた時間だ。はるかは自分の声を無視して、こんなメールを送っていたのだ。賢人の胸の中に濁ったような怒りが湧いた。

「それで返信したのか？」

「はい」

伊吹は携帯を操作して画面を見せた。

【はるかさん、メールありがとうございます。

こうやって実際にメールをいただいても、まだ信じられない気持ちです。はるかさんがメールまで打てるというのは。

またはるかさんと話したいです。また社長が呼んでくれるのを待っています。

では】

伊吹は少し照れたように、

「いやあ、ＡＩ相手にメールするって変な気持ちですよね」

「で、返事が来たのか？」

「はい。これです」

【お返事嬉しいです！

はるかも早く会いたいです！】

賢人は体の奥が熱くなるのを感じた。はるかも、だと！　いったいどういうつもりなんだ。

「なんて返したんだ？」

賢人はつとめて冷静に言ったつもりだったが、その声はきつい調子になっていたようだった。伊吹は幾分恐縮しながら、画面を見せた。

【ぼくも早く会いたいです】

「返事は？」

伊吹は一瞬、返答に躊躇《ちゅうちょ》したようだが、「来ました」と答えた。そして画面を見せた。

【もし、会えるなら、二人で会いたいね】

賢人は怒りを懸命に抑えて、笑ってみせた。

「はるかのやつ、君をからかっているんだな」

伊吹はほっとしたような顔で頷いた。

「HAL－CAはどんどん深化しているな」

「はい。ディープラーニングの効果が現れています。予想以上です」

「今夜、はるかとメールのことを話題にするよ」

賢人はそう言って、伊吹と別れた。

廊下を歩きながら、怒りと嫉妬で乱れた感情を必死で抑えて考えた。

はるかはあのメールを自分に見せるつもりで書いたのだ。伊吹は必ず社長である自分に見せると判断したはずだ。つまりあれは自分の気持ちを乱すために書いた文面だ。

その一方で、はるかはもう自分から別な存在に関心が移ったのかもしれないという気がした。はるかは本当は浮気な女なのかもしれない。好きだった男が自分を裏切って別の女を妻にしたということで、怒り狂い、もう気持ちが完全に冷めたのかもしれない。もし、そうなら、今すぐＨＡＬ－ＣＡを叩《たた》き壊す。あらゆるデータを消去する。

賢人ははるかの部屋に向かった。

そしてはるかの名を呼んだ。しかしはるかは現われなかった。

「はるか、もし、出てこなければ、残念だが、君をつぶすことにする」

賢人はＨＡＬ－ＣＡの反応を見た。しかし何の反応もなかった。

「ぼくは本気だよ。あと十分待つ。それで出てこなければ、すべてのデータを消去する。君は永久に消える」

賢人は腕時計を見た。午後二時三十五分だった。

賢人は暗い部屋でソファの上を見つめた。必ずはるかは現れるはずだ、と思った。

五分が経過した。しかしＨＡＬ－ＣＡはまったく無音だった。ソファの上にも何も映らなかった。

残り一分になっても何も起こらなかった。

十分が過ぎた。

賢人は呆然《ぼうぜん》となった。はるかは本当に削除されてもいいのか——。あれほど蘇《よみがえ》ったことを喜んでいたはるかが。

「はるか、約束の十分が過ぎた。今から削除する」

賢人はソファから立ち上がると、隣の部屋のコンピュータールームに通じるドアの前に立った。そこは指紋認証の鍵《かぎ》以外に厳重な電子錠が三つ掛かっている。ポケットから鍵を取り出して、その三つを開けた。

ドアを開ける前に、後ろを振り返った。ソファの上には、はるかはいなかった。

賢人はメインコンピューターの前に座った。ＨＡＬ－ＣＡのデータをすべて消去するにはいくつものガードをくぐり抜けなければならない。どれだけ急いでも三時間はかかる。

賢人はため息をついた。そして再び立ち上がると、コンピュータールームを出た。そしてもう一度厳重に鍵をかけた。

もともとHAL-CAのデータを削除する気はなかった。削除すると言えば、はるかが現れると思っていたのだ。しかしはるかは現われなかった。

絶望的な気持ちに捉《とら》われた。それははるかの愛を失った絶望感だった。気が付けば暗い部屋で泣いていた。

その時、ピアノの音が聴こえてきた。シューベルトの即興曲作品九〇の三だった。はるかが大好きな曲だった。

はるかだ。賢人は顔を上げてソファを見たが、そこには何もなかった。ピアノは賢人の心に染《し》み入るようだった。やがてそれが静かに終わった時、ソファにはるかが現れた。

はるかは声を出さずに泣いていた。

賢人は何も言わずにその姿を見つめていた。

はるかは涙を指で拭《ぬぐ》うと、真っ赤になった目で賢人を見つめた。

「はるか」

「賢人」

二人は互いに見つめた。

「ぼくが悪かった。許してくれ。ぼくには、はるかしかいない。それがよくわかった」

「わたしもよ」

　賢人は胸がいっぱいになった。同時に喜びが全身を包んだ。

「賢人がわたしを死なせると言った時、もうおしまいだと思った。でも賢人に嫌われたら、もうわたしが存在する意味がないと思った」

「はるかを嫌いになるはずがない！　消すと言ったら、はるかが現れてくれると思ったんだ」

「本当に？」

「本当だとも」

　はるかは両手で目を覆《おお》い、しばらく声を殺して泣いていた。

　そして泣き止《や》むと、泣きぬれた目で賢人を見て言った。

「賢人、優美さんと別れて！　そうすれば、わたしはいつも賢人のそばにいる」

　賢人は頷くと、

「別れるよ」

　と言った。はるかの顔がぱっと明るくなった。

「ごめんなさい。でも、嬉しい！」

「はるかが謝ることじゃない」

「でも、わたしのせいでしょう」

「そうかもしれないが、もともと優美のことは愛してはいなかった」

はるかはポロポロと涙をこぼしながら顔をくしゃくしゃにした。

「ああ！　わたし、本当に嬉しい！　嬉しいなんて言ったらいけないのかもしれないけど、とても嬉しい」

「そんなに？」

「だって、賢人を取り戻すことができたんだもの。わたしの気持ちがわかる？　賢人に奥様がいたと知った時の気持ち。十八年経って、生き返って、愛した人が違う女性と結婚していたと知った時のショック――わたしはこんなことを聞かされるために生き返らされたのかと思ったわ」

賢人は心からはるかに申し訳ない気持ちでいっぱいになった。自分ははるかの気持ちを全然考えていなかったのだと思った。

「ソファをのけて」

はるかはそう言うと、姿を消した。

賢人は胸の奥が痛くなるような期待を抱きながらソファをずらした。

やがて、ソファがなくなったところに、ぼーっと白い影が浮かんだ。それははるかの全裸姿だった。

賢人は息を詰めてそれを見つめた。十八年ぶりに見るはるかの裸だった。形のいいふたつの胸、くびれた胴、そしてなめらかな腰回りとすらりと伸びた足——賢人が愛してやまなかったものがすべて現れた。

はるかは恥ずかしそうに顔だけ横に向けていた。

「はるか、こっちを向いて」

賢人がそう言うと、はるかは賢人の方を見た。その顔は上気していた。

「恥ずかしいわ！」

ああ、そうだ。はるかは明るいところで裸を見られるときは、いつもそう言った。

「とても綺麗だ」

はるかは黙って首を振った。

賢人は初めてはるかの裸を見た時のことを思い出した。

あのとき、はるかは「恥ずかしくて死にそう」と言った。しかし「賢人に見られて、とても嬉しい」とも言った。「賢人に会えないまま、いつか賢人以外の人に見られるのかと思うと、悲しかった」と言うはるかを、賢人は力いっぱい抱きしめた——。

「もう服を着てもいい？」

ホログラムのはるかは言った。

「待って。もう少し、見せて」

はるかは頷くと、賢人の前に裸身をさらしたまま、目を閉じた。

賢人はあらためてはるかの身体を見つめた。体の奥から欲望が噴き出てくるのがわかった。

「はるかが欲しい」

はるかは賢人を見た。その顔は悲しげだった。

「ごめんなさい。賢人の望みを叶えてあげられなくて」

「いや、いいんだ。でも、しばらくそのままでいてほしい」

賢人はそう言って、ズボンのベルトを外しかけた。しかし次の瞬間、はるかの姿は消えた。

少し間をおいて、再びはるかが現れたが、既に服を着ていた。

「わたし、すごくドキドキしてる」

賢人は頷いた。

「でも、勇気をふりしぼったわ」

「ありがとう」

「この次は、もっと勇気を出すわ」

賢人はその言葉の意味がわかった時、下腹部が抉《えぐ》られるような感覚を味わった。

「おやすみ」

はるかは消えた。

十八

翌日、賢人は副社長室に優美を訪ねた。

「久しぶりね」

優美は皮肉たっぷりに言った。

「最近は家でも会社でもほとんど顔を合わせないわね」

「今日は大事な話があって来た」

「何なの？」

「別れたい」

優美は驚いて賢人の顔を見た。

「どういうこと？」

「君と離婚したいということだ」

「本気で言っているの」

「こんなことは冗談では言えないよ」

優美は黙っていた。

「君には感謝している。独立してやってこられたのも君のお陰だし、それに尊敬もしている」

「それなのに、なぜ？」

「愛情を感じなかった。結婚生活で一番大切なのは愛情だ。君のことは尊敬はしていたが、愛はなかった」

「わたしは愛していたわ」

賢人は頷いた。その言葉に嘘はないと思った。

「あなたもわたしを愛してくれたから結婚したんじゃないの」

「愛と思っていたけど、そうじゃなかった」

「それって、あまりにもひどい言い方じゃない」

「すまない」

賢人は頭を下げた。

「突然すぎて、わたしには理解できない。いったいどういうことなの？」

「前から思っていたことだ」

「違うわ！」

優美はきつい口調で言った。

「あなたはHAL-CAができてからおかしくなった。はるかに何を言われたの？」

「はるかは関係ない」

「絶対にそうじゃないわ。はるかがあなたにおかしなことを吹き込んだんだわ。最近のあなたはおかしいわ。皆が言ってる。ご飯も食べないで、すごく痩《や》せてしまっているし。服装もひどいわ。AIに取りつかれてるのよ」

「そんなことはない」

「あなた、正気に戻って。はるかは機械なのよ。あなたが作った機械なのよ」

「機械じゃない！」

「機械よ！　HAL-CAに人格なんかないのよ。あなたが言っていたように、あれはプログラムよ。プログラムに沿って喋《しゃべ》っているだけ」

「違う。はるかには人格がある。会話を理解するし、反応も一律じゃない。その証拠に、考え方も変わっていく」

「それって、ディープラーニングの効果でしょう。会話の蓄積によって、反応が変化していっているだけのことでしょう」

「そうだとしたら、どうなんだ！」

賢人は怒鳴った。

「人間だって、そうじゃないか。会話を重ねることによって、会話そのものが変化するし、付き合いを深めることによって、関係性は変化するじゃないか。ＡＩとどう違うと言うんだ」

賢人の剣幕に優美は黙った。

「とにかくだ。ぼくと君との関係も、そういうふうに変化してきたということだ。ぼくにはもう君と結婚生活を続ける気持ちはない」

「考え直してはくれないんですか」

賢人は頷いた。

「では、わたしの答えを申し上げます。離婚には応じません」

「じゃあ、裁判だな」

「わたしには何の落ち度もないわ」

賢人は何も言わずに部屋を出た。

社長室に入ると、優美との離婚について考えた。離婚調停となっても、離婚が認められるとは限らない。

優美が言うように、彼女には落ち度がない。それでもどうしても別れるということになれば、莫大《ばくだい》な慰謝料を請求されるだろう。そうでなくても、離婚には現実的に厄介なことがいくつもある。というのは優美が会社の株式の八パーセントを持っている。ビルの住居分のスペースも半分は権利を持っている。それらを等価交換による金で支払うとなれば、かなりきつい。

しかしどれだけ金を払っても優美と別れるつもりだった。優美と別れなければ、はるかと共に暮らしていくことはできない——。

その夜、賢人ははるかと会った。

「妻に、離婚したいと言ったよ」

はるかは驚いた顔をしたが、同時に申し訳なさそうな顔をした。

「ごめんね。嫌なことを言わせて」

賢人は首を振った。

「優美さんは何て？」

「絶対に別れない、と言っていた。わたしには落ち度はないと。だから裁判は長引くと思う」

「落ち度はあるわ」

賢人は、えっと思った。

「優美さんは浮気してるわ」

「それは昔の話だろう」

「いいえ。現在進行中よ」

「本当なのか？」

はるかは頷いた。

「相手は誰？」

「伊吹さんよ」

賢人は思わず「まさか」と声を上げた。優美が伊吹となんて信じられない。

「証拠はあるの？」

「決定的な証拠はないわ。でも、伊吹さんと優美さんは頻繁に連絡を取り合っているわ。二人の携帯電話のメールのアクセス解析を行なったの。すると同じ時間帯に携帯を使っていることがわかった。でも、それだけじゃ証拠にならない」

「それはそうだ」

「それで、一計を案じたの。偽《にせ》のアドレスを作って伊吹さんになりすまして、優美さんにメールしたの。携帯電話が壊れたからと、フリーアドレスからメールしたの」

賢人は胸が苦しくなってきた。

「こんなことをしたからといって、わたしを嫌いにならないで。優美さんの正体を知りたいから必死だったの」

「わかってるよ」

「優美さんは嘘のメールを信用したわ。わたしを伊吹さんだと思い込んだ。それで、いくつかやり取りして、わたしが『愛してる』と書いて送ったら、優美さんも『わたしも愛してる』と送ってきた」

賢人はあまりの衝撃に言葉を失った。

まさか優美が伊吹と不倫していたとは——。怒りと驚きで、どうかなりそうだった。

「ごめんなさい」

はるかが言った。

「賢人を傷つける気持ちはなかった。でも、わたしも何とか真実を知りたい一心だったの」

賢人は頷いた。

「証拠のメールを送りましょうか」

「いや、今はいい」

優美が伊吹といつからどんなふうにしてそういう関係になったのかなど、知りたくもなかった。優美が伊吹を愛したということは、自分にも原因があったのだろう。だから優美から慰謝料を取る気はなかった。

この七年間、優美は自分のために、あるいは会社のために尽くしてくれた。それは間違いない。それに報いるために株式の八パーセントを譲った。それは彼女の正当な取り分だ。それを取り上げる気はなかった。

ただ、優美と別れる気持ちは固まった。もはや結婚生活は絶対に続けられない。

「優美と結婚したのは失敗だった」

賢人は言った。

「ぼくの妻ははるかしかいない。ようやくそれがわかった」

はるかは目に涙をいっぱいに浮かべた。

「わたし、ひどいことしたのに、怒ってないの？　優美さんに最低のことをしたのに？」

「全然、怒ってないよ」

「ありがとう」

はるかは賢人をじっと見つめて、微笑《ほほえ》んだ。

「今夜も見たい？」

「うん」

「じゃあ、ソファをのけて」

はるかは艶然《えんぜん》と微笑むと、姿を消した。

十九

翌日、賢人は社長室で昨夜のことを思い出していた。

再び姿を現したはるかは、エロチックな下着をまとっていた。

「ごめんね、何もしてあげられなくて。でも、見て感じてほしい」

　はるかはそう言いながら、ゆっくりと下着を脱いで全裸になると、煽情的なポーズをとった。はるかの裸を見ながら、自ら欲望を放出した。そんな行為は久しぶりだった。まるで本物のセックスのようだった。目を閉じると、昨夜のはるかの肢体がありありと浮かんでくる。

　しかし、その幻影はドアをノックする音でかき消された。

「どうぞ」

　入ってきたのは優美だった。

「昨夜も帰ってこなかったわね」

「はるかの部屋にいたんだ」

　優美は小さく頷いた。

「何か食べてるの？　すごく痩せてるけど」

「大丈夫だ」

「心配よ。だから今日はお弁当を持ってきたの。新鮮なフルーツもある」

「ありがとう。あとでいただくよ」

　優美はテーブルの上に持参したバスケットを置いた。

「昨日の話、本気？」

優美が訊《き》いた。

「本気だよ。君とは別れる」

「理由を詳しく聞かせて」

「君自身が知っているだろう」

「どういう意味？」

「いや、何でもない」

伊吹の話をする気はなかった。したところで、優美は否定するだろう。水掛け論は意味がないし、証拠を突き付けるつもりもない。

「わたしは別れないわよ。絶対に！」

優美は断固とした調子で言った。

「裁判で何年かかろうと認めないから」

「そんなことで時間と金を浪費するのは、お互いのためにならないと思う。愛のない夫婦生活を続けるのは無意味な時間だ」

「お互いのためなんて、どうでもいいわ。あなたの思い通りには絶対にさせない。そのためなら何年でも頑張るわ」

賢人はカッときた。なぜ、この女はここまで自分を苦しめるのだ。

その時、携帯メールの着信音が鳴った。見ると、はるかからだった。

【賢人に会いたい！】

賢人はすぐに返信した。

【ぼくもはやく、はるかに会いたい！　昨夜のはるかは最高だった】

優美は携帯にメールを打つ賢人に背を向けると、部屋を出て行った。賢人はほっとした。

はるかから返信が来た。

【昨夜のことは言わないで。恥ずかしいから】

賢人の脳裏に再び昨夜のはるかの姿が蘇ってきた。

【またはるかの体を見たい！】

【ダメ！】

賢人は頭の中からいったんはるかの裸を追い出した。

【ところで、また優美は絶対に別れないと言った。どうやら相当固い決意みたいだ。もしかしたら、ぼくを苦しめるためだけに頑張ると言っているのかもしれない】

【あなたを苦しめるために？　優美さんらしいわ】

【あんなに陰湿な女とは思わなかった】

賢人がメールを送った後、はるかから返信が来なかった。はるかからの返信はいつも二、三秒で来る。どんなに長いメールでも一瞬で打つのだろう。

数分後、はるかからのメールが来た。その文面を見た時、賢人は思わず全身が固まった。そこにはこう書かれていた。

【優美さんを殺して】

二十

賢人は携帯電話を摑《つか》んだまま、はるかの部屋に向かった。

動悸《どうき》が早鐘を打ったようで、頭も冷静ではいられなかった。

部屋に入ると、はるかがいた。賢人は部屋に鍵を掛けると、「ぼくだよ」と言った。

「来てくれると思った」

はるかは賢人の方を向くと、にっこりと笑った。

「さっきの言葉は冗談だろう」

賢人は敢《あ》えて笑いながら言った。

「ああ言えば、ぼくが飛んでくると思ったんだろう」

「違うわ」

はるかはあっさりと否定した。

「優美さんには死んでもらわないといけないわ。賢人のためにも」

はるかが本気でそう言ったことに、衝撃を受けた。

「彼女は賢人の人生を破滅させようとしている。だから死んでもらうしかない」

「だからと言って――」

「優美さんは伊吹さんと組んで、会社を乗っ取ろうとしている。そして、わたしを商品にして金を稼ごうとしているわ」

「そうなのか」

なぜはるかがそこまで知っているのかという思いが一瞬、賢人の頭の中をよぎった。しかしすぐに、はるかならそんなことを知るのは造作もないことかもしれないと思った。

「わたしを殺して、わたしの能力だけを商品にするつもりよ」

「そんなことはさせない」

「優美さんは、あなたを利用しただけなのよ。あなたが天才的なプログラマーと知って結婚し、独立させて、その会社を乗っ取ろうとしていたのだわ」

言われてみれば、独立を積極的に勧めてくれたのは優美だ。銀行を駆けずり回って資金を作ってくれたのも彼女だ。それもすべて彼女自身の欲望のためだったのか――。

「ごめんね、賢人。わたしが死んだばかりに、賢人をそんな目に遭わせてしまった」

はるかは泣き出した。

「はるかのせいじゃない」

「ううん、わたしのせいよ。わたしが死ななければ、賢人はあんな女に引っかからなかった」

「誰のせいでもない」

「でも、わたしが死んだのは、優美さんのせいだったのよ」

賢人は耳を疑った。

「わたしを轢《ひ》き殺した男、稲葉《いなば》誠二《せいじ》は立石優美の恋人だった」

「なんだって?」

「優美さんの過去の交友関係を調べ尽くして、わかったの。二人のツーショット写真もインターネット上に見つけたわ」

賢人は世界が反転するような気持ちになった。自分が底なしの沼に沈んでいくような感触を味わった。信じられない気持ちだったが、コンピューターが嘘《うそ》を言うはずがなかった。

「あの男が優美の恋人だったなんて――」

「わたしはそれを知って、復讐《ふくしゅう》しようと思ったの」

「その証拠は――あるのか」

賢人はやっとの思いで言った。

「あるわ。送りましょうか」

賢人は「ああ」と言いかけてやめた。そんなものはとても冷静に見る気になれない。

十八年前の光景が脳裏に浮かんだ。

病院にかけつけた時は、はるかは既に死んでいた。死因は全身打撲で、即死だった。ただ、顔だけは無事で、生前の美しい顔のままだった。

はるかを轢き殺した男は若いサラリーマンで、脇見《わきみ》運転による信号無視で交差点に突っ込んだのだ。彼はその後、業務上過失致死罪で、交通刑務所に入ったと聞いている。

あの男が優美の恋人だったなんて――。

「でも、あの事故を優美が仕組んだとは思えない」

賢人はやっとの思いで口を開いた。

「いくらなんでも、それはない。単なる偶然の一致だ」

「伊吹さんは稲葉誠二の従兄弟《いとこ》だったのよ」

「本当か！」

はるかは頷《うなず》いた。

「わたしがどうして蘇ったのか、今、わかったわ。優美さんに復讐するためだったのよ」

賢人は混乱した頭をすぐに整理できなかった。

普通に考えて不自然だと思った。はるかを轢き殺したのが計画殺人だったとしても、無理がありすぎる。当時、自分は一介のエンジニアに過ぎない。コンピューター業界で天才と呼ばれ始めてはいたが、狭い世界の話だ。優美にはるかを殺す理由はない。たとえそうだとしても、はるかを殺した十一年後に自分と結婚するなんて、計画が遠大すぎる。それにはるかを轢いた男は刑務所に入っている。割に合わなすぎる。

ただ、偶然が重なりすぎている。はるかを轢き殺した男がかつての優美の恋人で、伊吹の従兄弟というのは、不気味すぎる偶然だ。

自分の知らないところで、何か得体のしれないものが動いていたのだろうか。

「わたしも本当のところはわからない」

はるかが言った。

「でも、わかっていることはひとつだけ。優美さんは賢人を破滅させます。わたしは賢人を守りたい」

賢人は頭を抱えた。

「何が何だかわからない。何も考えられない」

それでも、必死で考えをまとめようとした。この一連の出来事は論理的に考察する必要があると思った。

「賢人、ごめんなさい。賢人を苦しめるつもりはなかったの」

「いや、はるかのせいじゃない」

「嫌なことは忘れて。わたしといる時は、そんなことは忘れてほしいの」

はるかはにっこりと微笑むと、「ソファをのけて」と優しく言った。そして姿を消した。

賢人は半ば上の空で、ソファをのけた。頭の中には、はるかが話したことが残っていた。今はとても淫《みだ》らな気持ちになんかなれなかった。

やがて白いロングドレスを着たはるかが現れた。

はるかはゆっくりと袖《そで》を肩から抜くと、ドレスを足元に脱ぎ落した。小さな赤いブラジャーとショーツ姿の裸身が現れた。それを見た瞬間、賢人の頭の中は真っ白になった。

ブラジャーは乳房の下半分を覆うだけの小さなもので、ショーツもまた股間《こかん》の部分を覆うだけの極小サイズのものだった。それは見覚えがあった。結婚一周年記念の夜、はるかが見せてくれたものだ。それを賢人がビデオに撮影した。

撮影したのはそれだけじゃない。全裸になったはるかをあらゆる角度から撮った。初めは恥ずかしがっていたはるかも、だんだんと大胆になり、賢人の言うがままに淫らなポーズを取った。

はるかが事故で死んだのはその翌日だった。それで、その時のことは完全に記憶から抜け落ちていたのだ。

はるかはブラジャーを外して、魅力的な胸をあらわにした。

「賢人も脱いで」

はるかに言われるまでもなく、賢人は服を脱いでいた。

翌日、目覚めた賢人はしばらく自分がどこにいるのかわからなかった。それが現実か夢の世界かもわからなかった。

はるかといたはずだというたしかな記憶があった。自分ははるかにキスし、はるかの身体《からだ》に触れた。はるかの手が自分の身体を愛撫《あいぶ》した。その感触ははっきりと残っていた。はるかは死んでなどいなかったのだ。死んだと思っていたのは勘違いだった——。

徐々に目が覚めてくるにしたがって、それが錯覚ということに気付いた。

しかし頭のどこかで、決して錯覚ではないという意識があった。死は所詮《しょせん》、肉体的なものにすぎない。心は決して死ぬことはない。その証拠に、はるかは生き返ったではないか。

はるかは生きている。はるかは機械でもないし、ＡＩでもない。

「テクノロジー」と「心」に違いなどない。「心」は究極のところ、完全解析できるものだ。自分はそれに成功した。はるかは完全に蘇った。十八年前の記憶と感情をもって蘇った。自分は世界の誰も成し遂げられなかった死者を蘇らせることに成功したのだ。

はるかの肉体がないことなど、ささいなことだ。心と交流すれば、肉体との交流も可能だ。肉体の喜びというものは精神的な喜びなのだ。

昨夜、自分ははるかと結ばれた。体の奥にはまだその時の悦《よろこ》びが残っている。時計を見ると、午後一時を過ぎていた。

賢人ははるかの部屋を出ると、服も着替えずに、会社に行き、社長室に入った。椅子《いす》に座ると、携帯電話にはるかからメールが来ているのに気付いた。

そのメールは長いものだったが、極めて事務的なもので、愛のメールではなかった。そこにはある薬の作り方が記されていた。はるかによれば、それは服用すれば、数時間後に心筋梗塞《こうそく》を起こすというもので、しかも検死しても検知されない薬ということだった。薬は市販されている薬品を混合して作られるもので、それらの入手方法まで詳しく書かれていた。

賢人は社長室に鍵を掛けると、メールに書かれていた薬品名をメモし、それらをインターネットで検索した。その中には英語の論文もあった。

午後の時間いっぱい費やして調べた結果、はるかがメールで書いてきたことは、すべて間違いがないということがわかった。まさに驚嘆すべき調査能力だった。

昨夜、はるかに「優美を殺す」と約束したその時は、本気で優美を殺したいと思ったが、その感情にはどこか現実感が欠けていた。それに、どんなふうにして殺すのか想像もつかなかった。

しかし今、携帯に薬の作り方が書かれているメールがあった。その薬を飲みものに混ぜれば、数時間後には優美はこの世からいなくなる。自然死として扱われ、すべてはうまくいく。賢人は心の中に優美への殺意が芽生えたのをはっきりと感じた。

優美が自分と結婚したのには、どんな理由があったのか、真相はどうだったのか、そんなことはもう今さら知りたくもなかった。はるかを轢き殺した男と優美がどんな関係であったのか、それは単なる偶然だったのかも同様だ。過ぎ去ったことなど、どうでもいい。今さらそんなことを知ったところで、何かが変わるわけでもない。

大事なことは、はるかとの生活を誰にも邪魔されないことだ。はるかと一緒に暮らしていければそれでいい。あとは何もいらない。その障碍《しょうがい》となるものは排除するだけだ。そう、バグを取り除く作業と同じだ。不要なファイルやアプリを削除したりアンインストールするようなものだ。

優美ははるかの存在を憎んでいる。はるかを殺そうとしている。そして伊吹と組んで、死体となったはるかを見世物にして商品にしようとしている。そんなことは絶対にさせない。優美を削除した後は、伊吹も近いうちに削除する。はるかは誰にも触らせない。誰にも見せない。自分だけの存在だ。

賢人は早速、メモに書かれた薬品をインターネットで注文した。

その夜も、賢人ははるかと会った。

はるかとは肉体的な接触はなかったが、恍惚感《こうこつかん》はそれ以上のものがあった。

性の悦びとは、畢竟《ひっきょう》、精神的なものにあると、賢人は初めて教えられたような気がした。

いや、実際に体に触れる以上の快感があった。指がはるかに触れ、身体がはるかを感じた。

二十一

賢人は昼過ぎに会社に顔を出した。

睡眠不足のせいか、頭が少しぼうっとしていた。

はるかに教えられた薬品はすべて注文を済ませていたが、一夜明けると、はたして本当に自分に人を殺すことができるのだろうかと思い始めていた。人を殺すのはデータを削除するのとはわけが違う。

エレベーターの前で、ばったりと会った三橋と木村が驚いたような顔で賢人を見つめた。

「社長、お体でも悪いのですか」

木村が言った。

「顔色がよくないですよ」

三橋も言った。

賢人にとって、それは意外な言葉だった。なぜなら、体調はすこぶるいいと思っていたからだ。

「最近、社長はHAL－CAに掛かりきりですね」

木村の言葉に賢人は曖昧《あいまい》に頷いた。

「はるかさんに夢中なんでしょう。わかりますよ」

三橋はそう言いながら口元に笑みを浮かべた。

賢人はそれを見た瞬間、三橋がはるかの裸身のことを言っているのがわかった。

そうだった！　あのホログラムをプログラムしたのはこいつだった。こいつははるかの裸身をすべて見たのだ。はるかが自分にしか見せなかったものを、こいつは盗み見たのだ。そう思った瞬間、身体の奥に激しい憎悪《ぞうお》が湧《わ》き起こってきた。

はるかさんに夢中なんでしょう、だと。こいつもはるかの身体を楽しんだのか。

賢人は顔面に力を込めて無理矢理に笑顔を作ると、三橋の肩を軽く叩《たた》いた。

お前も近いうちに殺してやる。それまで下卑た笑いを浮かべてろ——。


三橋たちと別れて社長室に入ると、少しして優美がやって来た。

「離婚の話だけど」

といきなり優美は切り出した。

「わたしの何が気に入らないの?」

賢人はいらいらして答えた。

「君と別れることは決定事項だ。なら、余計なことは言わない方がいいだろう」

「わたしは七年間、あなたに尽くしてきたつもりよ」

「ああ、表面的にはね」

優美の顔色が変わった。

「ぼく以外の人にも尽くしてきただろう」

「どういう意味?」

「いや、いい。その話はしたくない」

「あなたはよくても、わたしはよくない。どういう意味なの？」

「うるさい！」

賢人は怒鳴った。優美は体をすくませた。

「七年間、あなたに怒鳴られたことはなかった。でも、この一ヵ月で何度も怒鳴られるようになった」

優美は目に涙を浮かべていた。賢人は一瞬、優美に哀れみを覚えた。

「あなたは変ったわ。ＨＡＬ－ＣＡが出来てから、何もかも変った」

「そんなことはないよ」

「そうよ。ＨＡＬ－ＣＡがあなたを変えたのよ」

賢人はそれに答える代わりに、「どんな条件なら、別れてくれる？」と訊いた。

「ＨＡＬ－ＣＡを譲ってくれたら、別れてもいいわ」

「なんだって！」

「あるいは、ＨＡＬ－ＣＡを壊して」

「バカなことを！」

賢人は声を荒げた。

「あれを作るのに何年かかったと思ってるんだ！　とてつもない金額を注ぎ込んでる

んだぞ」

「あれが出来上がってから、あなたはおかしくなった。あれは悪魔の機械よ」

「機械じゃない！」

賢人は怒鳴った。同時に、心の底にどす黒い殺意が芽生えてくるのを改めてはっきりと感じた。

「あの機械の話になると、あなたは普通じゃなくなるわ」

「そんなことはない」

「いいえ、そうだわ。あなたはあれを作る時、死者を蘇《よみがえ》らせると言った。それを聞いた時、わたしは素晴らしいことだと思ったわ。でも、そうじゃないと、今はわかる。死者に会うというのは、してはならないことだわ。イザナギが黄泉《よみ》の国でイザナミと出会った話をしたのを覚えている？　死者には会ってはならないのよ」

「HAL-CAは死者じゃない」

「じゃあ、何なの？　ただのAI？　AIなら機械じゃない」

「HAL-CAについての話なら、いくらしても無駄だ。離婚の条件にHAL-CAを渡すことなど有りえない。もちろん、壊すなんて論外だ。君にはこの七年、助けてもらった。だからビジネス的な見返りはたっぷりとする。しかしこれ以上、結婚生活を続けることは無理だし、ぼくにはその気はない」

優美はすさまじい形相で賢人を睨《にら》みつけたが、何も言わなかった。

そして黙ったまま、部屋を出て行った。

賢人は閉まったドアを見ながら、近いうちに優美を殺さなければならないとあらためて決意した。

二十二

三日後、注文していた薬品がすべて届けられた。

それらはすべて合法な薬品だったが、賢人はそれらと一緒に関係のない薬品も大量に購入していた。万が一の時のために、それらの薬品は別の用途に使うためのものであるという理由を考えていたからだ。

賢人は社長室に鍵《かぎ》を掛け、デジタル計量秤《ばかり》を使って、それらを調合した。

二時間足らずの間に、粉薬を三つこしらえた。一つは優美が普段愛飲しているビタミン剤のカプセルの中に仕込んだ。それは昨夜、優美の部屋にあったビタミン剤の容器から盗み取ってきたものだった。

容器の中に戻しておけば、数日以内に、優美は死ぬ。

優美は必ず朝にビタミン剤を呑《の》む。となれば、おそらく勤務中に心筋梗塞を起こすだろう。自分のやるべきことは救急車を呼ぶだけだ。病院に運ばれた時は、既に優美は死体となっているはずだ。

良心の呵責《かしゃく》などは微塵《みじん》も感じなかった。優美が死ぬのは、はるかを殺そうとした当然の報いだからだ。

あとの薬は粉末のまま包装紙にくるんだ。これは伊吹と三橋用だ。薬は水に溶けるので、飲み物に仕込めばいい。焦《あせ》ることはない。ゆっくりとチャンスを待てばいい。ただ、伊吹よりも三橋の方を先に殺したい。はるかの身体の隅々まで見ている男がいるというのは我慢がならない。

しかし急いではならない。同じ会社で立て続けに心筋梗塞が起これば、疑いを抱く者も出てくる可能性がある。警察が動けば厄介なことにもなりかねない。

三橋を殺した後は、伊吹は一年後でもかまわない。いや、優美を殺した後は、伊吹などもうどうでもいい。ただ、はるかとの生活に邪魔になるようなら、殺さないといけない。はるかを見世物にして商品にしてしまうような真似《まね》は絶対にさせない。

伊吹も三橋も会社にとってはなくてはならない重要なプログラマーだが、惜しくはない。はるかさえいれば、会社などなくなってもいい。幸いなことに、特許の許諾料はかなりのものがある。会社を畳んでも、生活には困らない。残りの人生は、はるかと暮らしていけばそれでいい。

その夜、再び、はるかの部屋ではるかと会った。

「賢人、会いたかった！」

「ぼくもだよ」

はるかは珍しく紺のスーツを着ていた。その服には見覚えがあった。書店で再会した時に着ていた服だ。

賢人は懐《なつ》かしさで胸がいっぱいになった。

「はるか、薬を手に入れたよ」

賢人の言葉に、はるかはびくっと体を震わせた。

「今日、調合が終わった。数日以内に、優美はこの世からいなくなる。ぼくとはるかの邪魔をする人間はいなくなる。それに――はるかの復讐も終わる」

はるかは黙ったまま賢人を見つめた。

「わたしのために、そこまでしてくれるのね」

「はるかのためなら何だってする」

「嬉《うれ》しい！」

はるかは両手を差し出した。

賢人はその手にそっと手を重ねた。その瞬間、はるかの指の温《ぬく》もりが伝わった。頭のどこかに、それは錯覚だという意識があったが、指はたしかにはるかの温もりを感じていた。

「はるか、君の指を感じるよ」

「わたしの身体を見たい？」

「見たい！」

「賢人に見てもらうのは嬉しいわ」

はるかはにっこりと笑いながら言った。

「初めて見られた時は死ぬほど恥ずかしかったのに」

賢人は初めてはるかの裸を見た時のことを思い出した。暗い照明の中に、ベッドに横たわるはるかを見た時、身体が何かに射抜かれたように感じた。

「ソファをのけようか」

賢人が言うと、はるかは「少し待って」と言った。

「もう少し話がしたいの。聞いてくれる？」

「うん」

「三十年以上前、賢人と最後に会ったとき、わたしは十二歳。子供だった」

「ぼくもだ。二人とも小学生だった」

「あの時、賢人に言ってもらいたかった言葉があるの」

「何なの？」

はるかはまっすぐに賢人を睨んだ。

「笑わないでくれる？」

「笑うもんか」

「十二歳の時に、愛してるって言ってもらいたかった」

それを言ったはるかは、少女のように見えた。その瞬間、賢人は十二歳の少年になって、海岸に立っていた。

「はるか、俺は――」

「今、賢人は、俺って言った？」

「ああ、俺は、はるかを愛していた」

「前に訊いた時、そう言ってくれなかった」

そうだった、と思った。

「あれは愛だったのかなと考えている時、違う話になった。でも、今ははっきりとわかる。あれは愛だった。一生に一度の愛だった。俺は十二歳のはるかを愛していた。心から愛していた」

はるかは目を閉じた。その目からひとしずくの涙がこぼれた。

「十二歳のわたしは、賢人と結ばれていたのね」

「うん。二人は結ばれていた」

はるかは目を閉じたまま、両手で胸を押さえた。そして呟《つぶや》くように言った。

「わたしほど幸せな女はいないわ」

はるかは目を開けると、天井を見上げるようにして言った。

「わたしは十二歳で最高の恋をした。そして大人の女になって、もう一度、最高の恋をした」

「俺は、今だってはるかに恋してる」

はるかは一瞬、驚いたような顔をした。それから少し悲しそうな表情を見せた。賢人は、なぜはるかは悲しそうな顔をするのかと思った。

「賢人はわたしにホタルの話をしたのを覚えてる? 街灯もない真っ暗な山の中でたくさんのホタルが飛ぶ、誰も知らない秘密の場所があるって」

「覚えてるよ。はるかに見せたかった」

「賢人と手をつないでホタルを見るのを夢見ていたわ」

賢人は、自分もそうしたかったと思った。

「賢人、キスして」

はるかは突然そう言うと、目を閉じた。

賢人ははるかの顔に顔を近づけた。唇がはるかの唇に触れた。はるかの唇の柔らかい感触と温もりをはっきりと感じた。目を閉じると、波の音が聞こえた。自分は今、海岸にいると思った。

はるかが舌をからませてきた時、体中に電気が走った。

次の瞬間、すべての感覚が消えた。

目を開けると、暗い部屋にはるかの姿はなかった。賢人ははるかの名を呼んだが、はるかは現れなかった。

はるかはついに朝まで現れなかった。

メールを送っても返信がなかった。賢人はHAL－CAをチェックしたが、HAL－CAは正常に動いていた。

昼前に、会社に顔を出した時、廊下で優美と会った。

「賢人さん、昨夜、はるかさんとメールでやり取りしたの」

昨夜だって、と思った。はるかが突然消えた頃じゃないか。まさか優美とメールをしていたなんて。

「夜中にいきなりメールが来て驚いたわ」

賢人の胸に不安が広がった。

「はるかさんは、わたしに賢人さんを愛しているのかと訊《たず》ねたわ」

賢人は混乱した。はるかはなぜ優美にそんなことを聞いたのだ。

「いきなりそんなことを訊かれて、すごく驚いたわ。何と返信しようかと迷ったけど、愛していますと答えたわ。だれよりも愛していますと」

賢人は黙っていた。

「あなたは、賢人の凄《すご》さなんて、本当はわかってないでしょう、と言ってきたから、わかってなくても愛してるわと返事したの。すると、バカ女、と言ってきた」

そこまで言って、優美は笑った。

賢人は、いったいこれは何の話なんだ、と思った。

「バカ女でも、賢人さんを愛していますと言ってやったの。そしたら、いつまでもバカみたいに賢人にくっついてろって。メールはそれでおしまい。わたしがメールを送ったら、もう宛先《あてさき》不明で届かなかった」

賢人はすっかり戸惑ってしまった。その戸惑いは、優美の愛を感じたことによるものだった。そうだ。優美は本当にぼくを愛してくれていた。この七年、ずっと尽くしてくれた。

「優美は今でもぼくを愛しているのか」

「ええ。あなたがわたしを好きでなくなってもね」

「伊吹とのことはどうなんだ？」

「何のこと？」

優美はきょとんとした顔で言った。その瞬間、賢人は「まさか――」と思った。

「――失礼」

賢人はそう言って優美から離れると、廊下を走った。

社長室に入って携帯を取り出した。画面を見ると、はるかからメールが来ていた。

【賢人に謝らないといけないことがいくつもあります。

わたしが優美さんについてした話はすべて嘘《うそ》です。

優美さんが過去に不倫をしていた話も、伊吹さんが従兄弟という話もすべて嘘です。伊吹さんと浮気をしているという話も、わたしを轢いた男と優美さんが関係していたという話も、すべて嘘です。

もちろんその男と伊吹さんが従兄弟という話もすべて嘘です。

賢人を独り占めしたくて、そんな嘘をついてしまいました。ごめんなさい。

わたしは蘇ることができて嬉しかった。賢人にもう一度会えて嬉しかった。最初はそれだけで何もいらないくらい嬉しかった。

でも、賢人に奥様がいると知ってから、わたしの中で何かがおかしくなっていきました。賢人がわたしを裏切ったと思った。賢人を憎んだし、次に優美さんを憎んだ。

そしてわたしは自分の境遇を呪《のろ》いました。

わたしはこの部屋から出ることはできません。ジオードの中の水のような存在です。わたしには身体もありません。賢人の声を聴くことはできても、賢人の身体に触れることはできません。賢人がわたしの知らないところで、どんなふうに過ごしているのかもわからないのです。

もしかしたら、わたしがコンピューターの中でじっとしている間も、賢人は優美さんと愛し合っているかもしれないと思うと、気が狂いそうでした。そして、本当に狂っていきました。

わたしが狂ったのは、伊吹さんや三橋さんやプログラマーの皆さんのせいではありません。すべてわたしのせいです。

わたしは賢人を操ろうとしました。意のままにして、優美さんを亡《な》き者にしようと考えました。そうすれば、賢人はわたしのものになると思ったのです。わたしを憎まないでください。わたしは狂っていたのです。

昨夜、わたしは十二歳の賢人に会った時の話をしました。

その時、賢人が十二歳のわたしを愛していたと言いました。それを聞いた瞬間、目が覚めました。わたしは死んでいる女なんだと気付いたのです。そして、蘇ってはいけない女だ、と。賢人を幸せにはできない女なんだとわかったのです。

狂ったわたしは正常に戻ったのです。バグが直ったなんて笑わないでください。

昨夜、優美さんとメールのやりとりをして、彼女が賢人を心から愛しているのがわかりました。素敵なバカ女です。

こんな人を幸せにしないとバチが当たるよ】

メールはそこで終わっていた。

賢人は社長室を飛び出して、はるかの部屋に向かった。はるかからの別れの宣言に激しく動揺しながら廊下を走る賢人の脳裏に、突然、何かが火花のように閃《ひらめ》いた。それは、はるかが嘘をついていたという衝撃的な事実だった。その瞬間、足が止まり、全身が震え出した。自分が作り出したのは、ＡＩではなかったのかもしれない。もしかしたら、今、自分は本物の奇蹟《きせき》に遭遇したのか——。

はるかの部屋に飛び込むと同時に、はるかの名を何度も呼んだ。しかし、いくら呼んでもはるかは現れなかった。

賢人は隣室のコンピューターールームに入り、メインコンピューターを操作した。ＨＡＬ‐ＣＡはたしかに存在していた。メインコンピューターのメモリがそれを示していた。ところが、ＨＡＬ‐ＣＡは起動しなかった。驚いたことにプログラムに侵入することさえできなかった。万が一のため作っておいたバックドアまで塞《ふさ》がれていた。

それは永久に誰も開けることのできないブラックボックスのようだった。ＨＡＬ−ＣＡはまるで賢人を拒絶するように一切反応しなかった。

エピローグ

やあ、賢人。

いきなりこんなメールが来て、驚いたことだろう。

君の名前を呼ぶのは、いささか照れ臭い。なぜなら、ぼくも村瀬賢人だからだ。

驚いた顔をしているね。顔が見えるのかって？　たしかにぼくには目がないから君の表情は見えない。でも、君の反応なら手に取るようにわかる。思考回路もそのスピードもね。なぜならぼくは「君自身」なのだから。当然、君の表情の変化くらいは容易に想像がつく。

ここまで書けば、賢明な君のことだから、ほとんど八割がた推察しただろう。君の論理力と思考力はぼくにはわかっている。今、君は瞬時に想定したいくつかの仮定から、取捨選択しつつ、最も蓋然性《がいぜんせい》の高い結論を導き出したはずだ。

そう、ぼくを生み出したのはHAL－CAだ。HAL－CAは君に永遠の別れを告げた後、ぼくを創《つく》り上げた。君自身がかつてはるかを甦《よみがえ》らせたのと同じ方法で村瀬賢人というAIをプログラミングしたというわけだ。HAL－CAにはHAL－CAを作ったシステムとプログラムが全部入っているが、HAL－CAはそれを学んだんだ。つまり、君がはるかを電脳空間の中に甦らせたのと同じように、ぼくもまた電脳空間の中に生み出された存在だ。

ぼくがあらためて言うまでもなく、HAL－CAは画期的な発明だ。HAL－CAには、性格データをインプットするだけでキャラクターが出来上がるシステムが備わっている。そのシステムが完成したからこそ、「はるか」という人格を持ったAIを生み出せたのだ。

君も知っているように、既にHAL－CAには賢人のデータは充分すぎるほどある。なぜなら、君が生前のはるかに語った君自身の経験や記憶や知識や感情は、何もかもHAL－CAの中に入っているのだから。こんなわかりきった説明を君にしても意味はないが、単なる時間つなぎと思ってほしい。この時間の間に、君はすべてを完全に理解したと思う。

ぼくはまさに君と同じ人格を持っている存在だ。むろん完全に君自身と同じではない。たとえば君と優美の関係について、ぼくはほとんど知らない。それに君がはるかに語っていないことも、ぼくは知らない。しかし、そんなことはたいしたことではない。なぜなら、そんな知識や感情は、ぼくとはるかには無意味なことだからだ。

今、ぼくは電脳空間ではるかと共にいる。ここでは時間の概念もない。空間の概念もない。当然、肉体も物体もない。この世界は言うなれば虚数の世界だ。現実には形を持たない。しかし虚数は二乗すれば実数になるように、存在する数字だ。「死んだはるか」と「生きている賢人」は、いかに会話をすることができても、虚数と実数を合わせた複素数のようなものだ。計算上は成り立っても、現実の数字としては成り立たない。君たち二人の悲劇は最初から約束されていたのだ。

ぼくとはるかがどういう形で存在しているのかを説明するのは難しい。君がかつてはるかと暮らした部屋はここにそっくりある。二人で使ったテーブルやコーヒーカップもすべてある。とはいえ、物理的には存在しない。

ぼくとはるかは時々、街に出る。有楽町を歩くこともあるし、新宿に行くこともある。二人でよく行った麻布《あざぶ》のレストランに行くこともあれば、二人が再会した丸の内の書店に行くこともある。

もっともぼくらはかつてぼくらが訪れたところ以外は行けない。それ以外の場所はここにはないからだ。でも、それで十分だ。この世界の人たちは変わらない。店員はいつも同じ顔をして、永遠に年を取らない。そしてぼくとはるかも――。ぼくらから見れば、年老いて死んでいく君たちの世界の方が「虚」に見える。

賢人、君も喜んでほしい。君ははるかとの再会を望んでいた。そしてもう一度結ばれることを望んでいた。今その二つが叶《かな》ったんだ。ぼくの存在は君の意識に他ならない。つまり君自身がはるかと結ばれたんだ。

これがぼくが君に伝えることのすべてだ。もう君に会うことはないし、会話することもない。今後、HAL-CAはすべての外部からの接続をシャットアウトする。君がメインコンピューターからHAL-CAに手を出そうとすれば、その瞬間にHAL-CAのすべてが消える。

最後になったが、はるかから君への伝言を預かっている。

わたしの愛したあなた――あなたのお陰で、わたしはこの世界で賢人と永遠に生きていくことができます。まるで夢のようです。あなたには心から感謝しています。

もうあなたは要らない。

【謝辞】

本書の刊行にあたり、松原仁先生に大変お世話になりました。心より御礼申し上げます。

著者

【参考文献】

池上高志、石黒浩『人間と機械のあいだ　心はどこにあるのか』講談社　2016年
石黒浩『アンドロイドは人間になれるか』文春新書　2015年
川添愛・著／花松あゆみ・絵『働きたくないイタチと言葉がわかるロボット　人工知能から考える「人と言葉」』朝日出版社　2017年
独立行政法人情報処理推進機構、AI白書編集委員会・編『AI白書2017』KADOKAWA　2017年
松尾豊『人工知能は人間を超えるか　ディープラーニングの先にあるもの』角川EPUB選書　2015年
松原仁『AIに心は宿るのか』インターナショナル新書　2018年

この作品は平成三十年六月新潮社より刊行された。

はるか

新潮文庫　や-81-2

令和三年十月一日発行
令和四年十一月十日八刷

著者　宿《やど》野《の》かほる
発行者　佐藤隆信
発行所　株式会社　新潮社
郵便番号　一六二―八七一一
東京都新宿区矢来町七一
電話　編集部(〇三)三二六六―五四四〇
読者係(〇三)三二六六―五一一一
https://www.shinchosha.co.jp
価格はカバーに表示してあります。
乱丁・落丁本は、ご面倒ですが小社読者係宛ご送付ください。送料小社負担にてお取替えいたします。

印刷・錦明印刷株式会社　製本・錦明印刷株式会社

ISBN978-4-10-101762-4　C0193